2020年度内蒙古自治区高等学校科学研究项目–人文社会科学重点项目,《二十世纪二十年代梁启超文学情感教育思想研究》成果之一，项目编号：NJSZ20191。

赤峰学院中国语言文学一流学科校级资助项目

| 光明学术文库 | 文学与艺术书系 |

二十世纪二十年代
梁启超文学教育思想研究

李 辉 ┃ 著

光明日报出版社

图书在版编目（CIP）数据

二十世纪二十年代梁启超文学教育思想研究 ／ 李辉
著 . -- 北京：光明日报出版社，2022.6
ISBN 978-7-5194-6645-9

Ⅰ.①二… Ⅱ.①李… Ⅲ.①梁启超（1873-1929）
—文学—教学思想—研究—20世纪 Ⅳ.①I206.6

中国版本图书馆 CIP 数据核字（2022）第 095643 号

二十世纪二十年代梁启超文学教育思想研究
ERSHI SHIJI ERSHI NIANDAI LIANGQICHAO WENXUE JIAOYU
SIXIANG YANJIU

著　　者：李　辉

责任编辑：史　宁　　　　　　　责任校对：贾文梅
封面设计：中联华文　　　　　　责任印制：曹　净

出版发行：光明日报出版社
地　　址：北京市西城区永安路 106 号，100050
电　　话：010-63169890（咨询），010-63131930（邮购）
传　　真：010-63131930
网　　址：http：∥book. gmw. cn
E - mail：gmrbcbs@ gmw. cn
法律顾问：北京市兰台律师事务所龚柳方律师
印　　刷：三河市华东印刷有限公司
装　　订：三河市华东印刷有限公司
本书如有破损、缺页、装订错误，请与本社联系调换，电话：010-63131930
开　　本：170mm×240mm
字　　数：155 千字　　　　　　印　　张：12.5
版　　次：2023 年 1 月第 1 版　　印　　次：2023 年 1 月第 1 次印刷
书　　号：ISBN 978-7-5194-6645-9
定　　价：85.00 元

前　言

　　二十世纪二十年代历游欧洲之后的梁启超接受了反省现代性思潮，由此深深感悟到科学万能的工具理性现代化使得西人人生信仰无所皈依，进而在西方人生观的参照下建立了以儒学为基础的"责任心"和"趣味""调和"的人生观，并且依循这一理想人生观的指引确立了自己的人生定位，即彻底的弃政从文，开启以中国传统文化为根基的"学而不厌、诲人不倦"教书育人的人生新篇章。

　　本书综合目前国内外的研究成果，首先，从文学教育视域下探究国民性改造、人格教育乃至健全人格建构的研究成果寥寥无几；其次，关于道德教育、人格教育和情感教育没有看到三者之间的承续性，而是把它们进行断裂性的研究；最后，目前学界尚没有详尽、深入、全面挖掘二十世纪二十年代梁启超以情感教育为核心的文学教育思想的研究成果。

　　鉴于此，本书以人生观为切入点，在文学审美现代性维度下对二十世纪二十年代梁启超文学教育思想进行集中研究。

　　关于文学和文学教育的定义，梁启超并没有给予明确的解释，本文通过梁启超在小说界革命时期对于小说的阐发和二十世纪二十年代对于文学本质层面的理解，进而得出梁启超文学教育思想是以文学为媒介最终实现文学移人的过程，健全人格建构是其文学教育思想的最终旨归，具体以情感教育为核心，智育、意育和谐发展予以实现。本文从文学情感教育说、趣味教育说和文以致用教育思想三个维度进行集中阐释，其中文学情感教育说是二十世纪二十年代梁启超文学教育思想最为重要的表达，情感教育历经《新民说》时期的德育、孔教时期的人格教育直到游欧归来的最高情感教育之"仁者不忧"，彰显其不断地成熟与完善。梁启超对于文学情感的"嗜好"以及在此基础上提出的文学情感教育说具体表现在对于中国传统诗教的推重，关于"白话诗"的问题，诗歌情感表现方法的分类，诗歌的"理想派"与"写实派"以及从文学情感的角度对于中国古典诗人的关注，这些都是挖掘中国传统文学"现代化价值"最为鲜明的表达，是对中国抒情传统的深刻思考。此外，趣味教育说和文以致用教育思想共同构成二十世纪二十年代梁启超文学教育思想的统一整体。

梁启超以情感教育为核心的文学教育思想，是"新文化"学术路径的具体贯彻实践，即对于知识的掌握要懂得借用西方的科学方法和在人格的修养上要有自律的情操，通过文学教育实现具有"新知识"和"新品格"的现代国民，是在中国固有传统文化基础上连接古今中西的新文化宣传、新人才培养，以矫正国民对于中国固有文化专一信仰的危机。

二十世纪二十年代梁启超文学教育思想烛照出对于中国传统文化不离不弃、始终关怀的情感，以中国传统文化为基础的中西文化化合观；

关于精神饥荒的审视与反省，面对学校教育有人精通于专门之学却没有了性灵的教育范式，梁启超提倡植根于中国传统文化的关涉性灵的信仰、道德、情感的人文教育；关于文学情感教育思想的阐释与反思，文学是情感最重要的表现形式之一，文学也是情感教育最大的利器之一等理论和论点的诠释，面对当今理性的极端化、物欲追求的无限扩大、精神的严重匮乏，文学教育偏重智识而对于文学本身情感的抛却，对于当代大学生健全人格的建构乃至当前整个文学教育都具有重要的借鉴意义和价值启思。

目 录
CONTENTS

1

第一章

总　论

第一节　文学教育最终旨归——健全人格建构

清末民初，救亡与启蒙两大主题彰显在社会的各个领域，文学领域自不例外，通过文学实现救国、爱国是那个时代知识分子的共同夙愿，而梁启超无疑是其中最具代表性的人物之一。例如，万木草堂和维新时期的梁启超经过新阐释的儒学的浸染，康有为、谭嗣同、严复等友人的影响以及通过对译介的西学的接触，因此这时期的梁启超以儒家人生观为基础，通过报刊、学会、开办学校等具体实践来贯彻其爱国、救国的经世理想。

关于文学和文学教育的定义梁启超并没有给予明确的解释，本文将联系梁启超在"小说界革命"时期对于小说的阐发和二十世纪二十年代对于文学本质层面的理解来探讨其文学和文学教育思想的主旨大意。

梁启超在"小说界革命"时期主要借助小说来启蒙"新民"，因此把小说这一文学体裁提高到前所未有的地位，即小说是最重要的文学体裁之一，"小说界革命"虽然最终的目的是功利的，是为其政治理想服务的，但是我们从文学自身的视角来考量，首先，小说的通俗性有利于普及教育；其次，通过小说"熏""浸""刺""提"国民之后，进而达到梁启超希望中的"新民"①，那么，这一"新民"具体是什么样的？我们结合发表于同时期的《新民说》来看，"新民"是具有公德和私德的辩证统一和以民德为核心的民智、民力健全人格的新国民。

欧游归来的梁启超在二十世纪二十年代《〈晚清两大家诗钞〉题辞》一文中从文学现代性的角度来理解文学：第一，"文学是人生最高尚的嗜好"；第二，"文学是要常常变化更新的，因为文学的本质和作用，最主要的就是'趣味'"②；第三，文学的表达要注重内容和形式的辩证统一。这里，梁启超以"情感"和"趣味"来定义文学，最为可贵的是认识到文学是人类生活中最为重要的精神寄托，这是对人类生存状态的终极关怀，是对于人类精神状态的关照，人类的美好人格需要高尚文学的引领。

鉴于此，健全人格建构都是梁启超文学活动一以贯之的理想追求，梁启超的文学教育思想是以文学为媒介最终实现文学移人的过程，无论是早期功利主义文学价值观小说以"新民"，还是二十年代非功利主义文学价值观的情感教育、趣味教育，健全人格建构都是梁启超文学教育思想的最终旨归。国民健全人格建构具体通过智育、情育、意育的和谐发展予以实现。梁启超关于智育、情育和意育是承续严复民智、民力和

---

① 陈平原，夏晓虹．二十世纪中国小说理论资料·第一卷（1897—1916）［M］．北京：北京大学出版社，1997：50-51.
② 梁启超文存［M］．刘东，翟奎凤，选编．南京：江苏人民出版社，2012：135.

民德基础上全面阐释和进一步深化的过程，是梁启超关于国民健全人格建构以儒学为基础逐渐成熟的过程，是中西文化逐步"化合"的过程。

早在 1901 年《中国积弱溯源论》一文中，梁启超在比照中西方学校教学范式上就已经注意到了"美人性质、长人志趣、浚人识见、导人才艺"的重要意义，当然此时期更多地注重智识教育，例如，"凡人之所以为人者，不徒眼耳鼻舌手足脏腑血脉而已，而尤必有司觉识之脑筋焉……国脑者何？则国民之智慧是已……国脑之不能离民智而独成，犹国体之不能离民体而独立也。信如斯也，则我中国积弱之源，从可知也"[①]，与此同时这一时期对于西学的态度提倡中国想要自强应该多多译介西方国家的书目，而学人想要获得自我独立的价值同样应该在阅读西书的方面多下功夫。《新民说》时期，梁启超意识到"国民之文化程度"的高、低直接决定着国家的兴亡，由此开启了以德育为核心的民智、民力完全人格建构的"新民"之路，我们以《新民说》为中心进行考察，健全人格的"新民"主要特征表现为："淬厉"与"采补"中西文化的"化合"观，以私德教育为核心的三民教育的和谐发展和人的自觉和责任的"调和"。关于国民的"私德"教育，梁启超看到了"儒家传统对个人的尊重，尤其是王阳明的良知观念"，明确表示国民的道德教育以"吾祖宗遗传固有之旧道德"为基础。

1915 年关于"新民"的健全人格教育，首先进一步集中阐释国民的"私德"教育，即人格教育；其次认为"孔子教义第一作用实在养

---

① 易鑫鼎.梁启超选集：上［M］.北京：中国文联出版社，2006：17.

成人格"并且提倡"以泰西古今群哲得其一体而加粹精者"。①

　　二十世纪二十年代梁启超对于国民健全人格建构的理解历经《新民说》时期的德育和在 1915 年左右的人格教育的基础上进一步明确和深入，确立以情感教育为核心的三达德教育思想。首先，梁启超建立在以中国传统文化为基础的中西文化调和观，追求最高情感教育之"仁者不忧"，具体表现为以儒家"仁"的人生观为源泉、以"人格"来释"仁"、"仁"具有"相人偶"的特性以及"普遍人格"彰显个性主义观念；其次，关于情感教育，梁启超认为"文学是情感教育最大的利器之一"，因而努力挖掘中国抒情文学的现代性价值，尤其是对于中国传统诗教的推重；最后，二十年代梁启超的趣味教育说和文以致用教育思想是国民健全人格建构的重要组成部分。

　　国民健全人格建构的文学教育思想同样成为整个二十年代文学家们的"自审"意识，就像战后欧洲出现的反省现代性思潮对于自身文化、道德、观念、价值等方面的自我反省一样。早在 1918 年鲁迅的《狂人日记》就已然出现对于"狂人"自身以至整个民族的深刻反思，只是这一小说所凸显的自我反思意识在二十年代才引起文人的注意。文学家对于自身的思考和反省主要表现在两个层面："外在的，即通过作家的自我审视，以明确自身在社会中的地位及文学的使命"；内在的，提倡现实主义文学家通过自我反省与体察，改造自身的性格，重新修铸自身人格，建构新的文化心理结构，"只有了解了自身的地位和文学的使命，才能更好地实践'为人生'的文学；只有健全的完美的人格和文

---

① 梁启超.饮冰室文集点校［M］.吴松，等点校.昆明：云南教育出版社，2001：2565-2557.

化心理,才能有效地使文学真正的'为人生'"①,古今中外的文学家,他们的作品之所以能够经受住时间的拷问,就是因为他们通过自己的创作所传达出来的对于人生的关注与批评是经过自身的"人格里濡漫过"的②,就像鲁迅的小说希望通过塑造小说中各色人等人格的缺陷以此激发现实主义文学家"内向的自审意识",进而表达对于国民健全人格建构的急切心情。期望现实主义文学家建构健全的人格,也就是说"鲁迅的用意在于,通过自审达到自觉,找出差距,校正目标,以改造和重铸完美的人格和心灵。这一内向的自审意识在鲁迅的笔下达到了历史和哲学的高度,因而也为现实主义文学思潮的健康发展提供了一个历久弥新的力量源泉。这就是鲁迅小说的历史价值和艺术魅力,也是现实主义文学思潮的文化价值和精神魅力"③。

第二节 选择二十世纪二十年代的理由

本书以 1918 年年底梁启超游欧为界择取其游欧归来的整个二十世纪二十年代作为研究的时间界限,我们具体从三个维度探究其原因。

---

① 刘增杰,关爱和.中国近现代文学思潮史:上卷 [M].上海:上海文艺出版社,2008:358-359.
② 刘增杰,关爱和.中国近现代文学思潮史:上卷 [M].上海:上海文艺出版社,2008:360.
③ 刘增杰,关爱和.中国近现代文学思潮史:上卷 [M].上海:上海文艺出版社,2008:361.

一、弃政从文，亲游欧洲

1912 年 10 月，梁启超结束了长达 14 年之久的海外漂泊，返回祖国，回国后的梁启超积极投身各项政治事业，但事与愿违，辛亥革命后梁启超梦想依靠军阀政府的势力来发展自己美好政治理想的愿望屡次失败，最终导致其对政治的彻底失望，梁启超无不感慨"吾之政策适成为纸上政策而已"①。于是，1914 年 7 月以后，梁启超开始屡次请辞（当然不乏被迫的因素）。

这里我们需要弄清楚一个问题，即梁启超从非功利层面认识到社会教育的重要性，主张开展教育事业并非起始于游欧之后，而是早在 1915 年前后就已初露端倪，随着时间的推移以及具体的实践活动，梁启超对于政治与文化教育之关系越见成熟，例如，梁启超于 1915 年讲到"政治不过是国民事业之一部分"，转向"社会方面培养"适于"今世政务之人才"②；再如 1916 年，梁启超在写给女儿梁令娴的信中一再表示对于政治生活的厌恶，向往教育事业的愿望。"吾亦绝不再仕官"，"做官实易损人格……吾顷方谋一二教育事业"③；又如梁启超在《国体战争躬历谈》中省察今后的中国如果出现大的灾难，那一定是由于学问的不发达，道德的败坏所造成的，解决的办法只有从教育上"痛下功夫"④，以此来表示自己即将全力投身于教育事业的决心。相比政治上的不如意，也许梁启超此时更加相信"卓越的文学成就通常受到普

---

① 丁文江，赵丰田．梁启超年谱长编［M］．上海：上海人民出版社，2009：453．
② 丁文江，赵丰田．梁启超年谱长编［M］．上海：上海人民出版社，2009：456．
③ 丁文江，赵丰田．梁启超年谱长编［M］．上海：上海人民出版社，2009：513．
④ 丁文江，赵丰田．梁启超年谱长编［M］．上海：上海人民出版社，2009：516．

通大众的认可"①，而不仅仅是坚持走政治这条唯一的爱国途径。

虽然此间梁启超并没有完全放弃政治生涯，但我们可以看出梁启超自从 1915 年前后开始对自己美好的政治计划逐渐失去希望之时，恰是其想要专门从事教育事业的伊始。1917 年 11 月梁启超辞去财政总长的职务，直到梁启超开启游欧之程，这段时间梁启超全身投入著述，以他写给好友们的信为证，即"所著已成十二万言"，"每日著书能成两千言以上。"②

游欧洲期间梁启超拜访了柏格森、欧肯等人，当然游欧之前梁启超对于柏格森、欧肯的生命哲学已然有所了解，如梁启超在 1919 年写给梁仲策的信中说："'柏格森''迪尔加莎''二人皆为十年来梦寐愿见之人'"。③ 梁启超后来在《欧游心影录》一文中回忆自己在巴黎拜访柏格森时的情景，柏格森建议梁启超应该把中国传统文化发扬光大，即"一个国民，最要紧的是把本国文化发挥光大，好像子孙袭了祖父遗产，就要保住他，而且叫他发生功用。……我望中国人总不要失掉这份家当才好"④，面对西方人想要吸纳中国文化与自身文化进行调和的愿望，梁启超备受鼓舞，同时深感责任重大。

此外，游欧之后梁启超思想观念的转变，"其归根结底的重要内因，还是追溯到自幼就潜伏在他心中的、来自孔子生平的强大暗示"⑤，

---

① 鲁道夫·欧肯. 近代思想的主潮 [M]. 高玉飞，译. 合肥：安徽人民出版社，2013：306.
② 丁文江，赵丰田. 梁启超年谱长编 [M]. 上海：上海人民出版社，2009：554－555.
③ 丁文江，赵丰田. 梁启超年谱长编 [M]. 上海：上海人民出版社，2009：567.
④ 梁启超文存 [M]. 刘东，翟奎凤，选编. 南京：江苏人民出版社，2012：25.
⑤ 梁启超文存 [M]. 刘东，翟奎凤，选编. 南京：江苏人民出版社，2012：38.

梁启超撰写的《孔子》《清代学术概论》、"戴学"研究以及其他的相关文章都是非常明显的例证。

二十世纪二十年代梁启超弃政从文的转向，并不代表他从此弃绝政治，梁启超讲道："我对于中国政治前途，完全是乐观的。我的乐观，却是从一般人的悲观上发生出来。我觉得这五十年来的中国，正像蚕变蛾、蛇蜕壳的时代。变蛾蜕壳，自然是一件极艰难、极苦痛的事，哪里能够轻轻松松地做到。只要他生理上有必变必蜕的机能，心理上还有必变必蜕的觉悟，那么，把那不可逃避的艰难苦痛经过了，前途便别是一个世界。所以我对于人人认为退化的政治，觉得他进化的可能性却是最大哩。"① 梁启超在二十世纪二十年代是以社会名流的身份参与政治活动的，具体表现在诸如共学社的建立，《改造》发刊词中对于"五四"全面的政治主张，国民制宪运动，废兵运动，"文化运动与政治运动相辅相行"的提出②，"通过培植健全的文化和培养健全的国民而对政治间接发挥其积极影响"③，以及梁启超在新文化运动语境下提出的"宣传新文化、培养新人才、开创新政治"④ 的主张。

亲历欧洲的梁启超深深感觉到整个欧洲由于无理性的挖掘启蒙精神，使得启蒙现代性得以最大化发展的同时也带来了垄断、殖民、战争，最终使得人类失去了最为本真的东西，即真、善、美。正如现代性最初阶段的代表人物卢梭所感触到的或者是所预言的那样，"这种氛

① 梁启超文存［M］. 刘东，翟奎凤，选编. 南京：江苏人民出版社，2012：254.
② 吴嘉勋，李华兴. 梁启超选集［M］. 上海：上海人民出版社，1984：743.
③ 张冠夫. 从"新民"之利器到"情感教育"之利器——梁启超文学功能观的发展轨迹"［J］. 上海交通大学学报（哲学社会科学版），2013（01）：89-96.
④ 丁文江，赵丰田. 梁启超年谱长编［M］. 上海：上海人民出版社，2009：584.

围——动荡和狂乱的，精神上迷茫的和混乱的，各种体验可能性的扩张和道德边界以及个人约束的瓦解，自我扩张和自我失调，大街上和心灵中的幽灵等——正是在这种氛围中，现代感应运而生。"①

因此，游欧归来的梁启超确立了以中国传统文学为源泉的审美现代性文学路径，不仅仅是出于避免本国人民重蹈西人的覆辙，解决中国大地进入现代性社会遇到的困境而做出的具体方案，也是出于世界主义文化的关怀，当然梁启超审美现代性的文学观是与启蒙现代性相调和的而不是与之对抗的。我们知道对于现代性的反思与批判开始于现代性的发生，就像最早提出现代性概念的卢梭同时也被誉为"现代性批判传统的源泉"②，并且这一反省与批判自从 19 世纪中期开始便愈演愈烈，最终呈现出鲜明的与启蒙现代性相对峙的审美关怀，然而这一舶来品在 19 世纪末来到中国大地，历经接受、调和之后，也许是因为中华民族正在经历着民族危难，或者是国人更加看重现代化的建设，对于"现代化境遇中人的存在本身的探寻"和"现代性本身的反观与批判"稍显淡漠③，在这种文化语境下梁启超在二十世纪二十年代选择的审美现代性文学路径，作为一条涓涓细流直达人的内心深处，因为更能深入地触摸与感悟国人真实的精神需求而显得尤其可贵。

二、"先立定美满的人生观，然后应用之以处世"的学问观

二十世纪二十年代梁启超接受了源于西方的反省现代性思潮，进而

① 周宪. 审美现代性批判 [M]. 北京：商务印书馆，2016：20.
② 周宪. 审美现代性批判 [M]. 北京：商务印书馆，2016：13.
③ 杨联芬. 晚清至五四：中国文学现代性的发生 [M]. 北京：北京大学出版社，2006：9.

深深感悟由于科学万能的工具理性现代化最终使得西人人生信仰的无所皈依，并且以《欧游心影录》作为其怀疑与反省的产物，这场以重思人生观开始的反省现代性思潮在中国的大地上以不可阻挡之势遍及各个领域，其中在文化领域，国人对于一直深信不疑的西方文化历经怀疑、反省之后，转而重释中国传统文化，"学衡派""自由主义学派""东方文化派"以及"马克思主义学派"等都纷纷契合这股文化大潮，针对合理人生观的探求、中西文化的取向以及中国传统文化的承继等问题展开大讨论，形成轰轰烈烈的中国社会现代性文化反思思潮。梁启超最终在西方人生观的参照下建立了以儒学为基础的责任心与趣味调和的人生观，并且依循这一理想人生观的指引确立了自己的人生定位，即彻底的弃政从文，开启以中国传统文化为根基的"学而不厌、诲人不倦"教书育人的人生新篇章。

（一）理想人生观的追求

游欧归来的梁启超明确确立以"孔子所代表的儒家学说"为基础的"责任心"和"兴味""调和"的人生观，梁启超说这一人生观指导着自己二十多年的写作生涯，并且认为这一人生观对于自己而言是非常"合宜"的，时刻滋养着自己的生活。①

游欧归来"学问兴味"甚浓的梁启超深深地觉得中国的学校教育仍然沉浸在普遍的重于智识教育的阶段，因而使得整个教育处于"精神饥荒"的状况，对此，梁启超主张"救精神饥荒"是"为学的首要"，就此，梁启超提出救学校教育的"精神饥荒"有两条路径，首

---

① 梁启超. 饮冰室文集点校［M］. 吴松，等点校. 昆明：云南教育出版社，2001：3307.

先，刻意减少物质生活，进而减少不必要的烦恼，以此种方法得到精神的愉快；其次，先把自己的人生观确立，这样对于自己今后的生活就有了明确的目标，"如此，……自能达到精神生活绝对自由的目的。此法可谓积极的……"① 对于这两条救学校教育"精神饥荒"的途径，梁启超认为第二种方法极好，这是一种积极的生活态度，先把自己的人生观确立，然后再用它来指导自己的实际生活。

梁启超明确讲到自己的人生观"是从佛经及儒书中领略得来的"，"养成了这副美妙的仁的人生观，生趣盎然地向前进，无论研究什么学问，管许是兴致勃勃"②。又如梁启超在《屈原研究》一文中借以研究屈原的学术思想来彰显自己的学术之路，即以人生哲学思想"之现于文学者"的学术路径。③

因此，梁启超"先立定美满的人生观，然后应用之以处世"的学问观是以中国传统文化为根基的，那么其形成原因当然与梁启超自小浸染中国传统文化有着重要的情结渊源关系，但是对于西学的触碰是我们同样不能忽视的，尤其是亲历欧游使得梁启超更加全方位地感触西方文化思潮。例如，梁启超对于文艺复兴时期人文主义思潮的深切体悟上，尤其是对于希腊科学精神之于宗教情感的终极追求，即对于学问的追求需要赋有人生信仰的热诚情感。

（二）"拿趣味做根柢"的学问观

关于人生观，梁启超讲到我的"人生观"是建立在"精神上的快

---

① 梁启超文存［M］. 刘东，翟奎凤，选编. 南京：江苏人民出版社，2012：386.
② 梁启超文存［M］. 刘东，翟奎凤，选编. 南京：江苏人民出版社，2012：387-380.
③ 梁启超文存［M］. 刘东，翟奎凤，选编. 南京：江苏人民出版社，2012：312.

乐"的"趣味做根柢"①，接着又说"我不但在成功里头感觉趣味，就在失败里头也感觉趣味"，这也是体现了"宇宙"虽然"未济"，但"积极的活动"每天必须持续②，因为"为现在及将来的人类受用，这都是不可逃的责任"，我们需在"知其不可而为之""苦乐遂不系于目的物""喜欢做的""精神生活"下做学问，那么"生活上总含着春意"，因而在此人生观基调下其文学研究开启"拿趣味做根柢"的时代。③

正如王德威在《现代中国文学理念的多重缘起》一文中所讲的，梁启超在二十世纪二十年代以"趣味"的审美特性为切入点去重新思考中国的传统文化，尤其是对于中国古典诗歌的诸多阐释，他以"趣味的进入方式"对陶渊明、杜甫、屈原进行研究，认为情感是他们诗歌共同的创作特色，虽然在这些诗人的实际生活中因为多种原因而造成"太多的颠扑"，"但是在文学最后的表达里，他们的情感所升华出来的趣味性，成为我们最后判断文学的、审美的最终依归"④。这里谈及的"趣味"与文学的关系彰显出"通过文学来表现人的价值和人性的真实社会性"⑤，即为梁启超一以贯之秉承的"文学是人生最高尚的嗜好"

---

① 梁启超. 饮冰室文集点校［M］. 吴松，等点校. 昆明：云南教育出版社，2001：3316.
② 梁启超. 饮冰室文集点校［M］. 吴松，等点校. 昆明：云南教育出版社，2001：3316.
③ 梁启超. 饮冰室文集点校［M］. 吴松，等点校. 昆明：云南教育出版社，2001：3316.
④ 王德威. 现代中国文学理念的多重缘起［J］. 南京社会科学，2011（11）：110.
⑤ 周春生. 对文艺复兴时期人文主义诗性智慧的历史透视［J］. 史学理论研究，2010（04）：109.

"文学的本质和作用，最主要的就是'趣味'"①，可见在梁启超这里关于人生观与学问观是辩证统一的，二者是融会贯通的、相互影响的，正如吴宓在《文学与人生》中所讲的，"好的文学作品表现出作家对人生与宇宙的整体观念，而不是他对具体的某些人和事的判断"，"文学是人生的表现"。②

二十世纪二十年代梁启超弃政走上了从文的道路，"拿趣味做根柢"的文学观涉及学问之趣味、艺术化的生活、为学与做人等问题，最终旨归即为如何通过文学教育使得国民"生活于趣味"、成为"个个都做享用美术的'美术人'"③，实为探讨怎样"才能成一个人"的问题。这是梁启超重新思考西方人生观的鲜明表达，充斥于物质层次追求的人类就像永远不会停止的机器大轮了一样时刻忙碌着，这样的美国教育范式成为国内学校教育的模板，可以想象终将成为倒卖各种知识的大杂铺，梁启超不由再次探问"人生还有一毫意味吗？人类还有一毫价值吗？"④ 鉴于此，梁启超于 1922 年做了题为《成为一个不惑、不忧、不惧的人》，梁启超开篇就明确指出学校教育的最终目的"为的是学做人"，正如苏格拉底所说的，"禀赋最优良的，精力最旺盛的，最可能有所成就的人，如果经过教育而学会了他们应该怎样做人的话，就能成为最优良的、最有用的人"⑤。

① 梁启超文存［M］. 刘东，翟奎凤，选编. 南京：江苏人民出版社，2012：135.
② 吴宓. 文学与人生［M］. 王岷源，译. 北京：清华大学出版社，1996：16，19.
③ 梁启超. 饮冰室文集点校［M］. 吴松，等点校. 昆明：云南教育出版社，2001：3327.
④ 梁启超文存［M］. 刘东，翟奎凤，选编. 南京：江苏人民出版社，2012：384.
⑤ 苏格拉底的智慧［M］. 刘烨，王劲玉，编译. 北京：中国电影出版社，2007：169.

接下来就是怎样"才能成一个人"呢？梁启超借助西方心理学的"知、情、意"原理（主指康德的知、情、意三分法），以孔子的"三达德"思想，即以知者不惑、仁者不忧、勇者不惧为源泉提出"知育、情育、意育"的"三达德"教育思想，认为"总要三件具备才能成一个人"。梁启超的三达德教育思想是人生观偏重情的、意的具体实践，同时对于"智"的烛照彰显"调和"思想的一以贯之，是儒家人生观关照之下知行合一学问观的体现，是对于中国传统文化真、善、美文化根基的继承，是以欧肯为代表的生命哲学（生活和文化关系）的借鉴，彰显中西文化的"化合"观。

三、文学与人生

二十世纪二十年代初期，一场席卷全国的科玄大战是国人对于现代性的接受与反省的表达，这场关于人生观和科学关系的大讨论呈现出的"如此不同的见解，也便是他们如此不同的人生观"①。例如，陈独秀在人生观和科学关系的阐释中建立"绝对科学"的人生观，他认为所有的人生观绝对不是依靠主观的感觉随意迸发出来的，人生观最终都是被客观世界所把握的并且是可以被科学理论逐条解释的。又如张君劢认为人生观的问题绝对不能用自然科学的办法来解决，尤为凸显个人在人生观的中心地位，是与陈独秀决然对立的人生观。再如胡适在关于科学与人生观关系的讨论中确立了"自然主义的人生观"②。那么，在这场科

---

① 张君劢，胡适，梁启超，陈独秀，等.科学与人生观［M］.北京：中国致公出版社，2009：2.

② 张君劢，胡适，梁启超，陈独秀，等.科学与人生观［M］.北京：中国致公出版社，2009：16.

学与人生观关系的论战中梁启超所倡导的以儒家人生哲学为基础的责任心与趣味调和的人生观,无论是与张君劢的人生观相比较还是与胡适、陈独秀的人生观相比较都更能彰显其温柔敦厚的一面。

这场轰轰烈烈的人生观大讨论散点透视到文学领域,由于各自确立的人生观的文化基点不同,使得各个文学流派最终走向了别样的文学轨道,主要呈现出功利主义文学价值观和非功利主义文学价值观两个方向,无论是现实主义的"为人生"还是浪漫主义的"为艺术",或者是介于二者之间主张"调和"的文学观,他们的文学理论和创作实践都是为了探究"人究竟是什么"的问题,更进一步来说,各个文学流派在各自人生观的基础上确立文学观念,进而进行的文学活动均离不开对于现代性的接受与反思。梁启超是在反省现代性的基点上最终确立以儒家人生哲学为基础的"责任心"和"兴味""调和"的人生观,因而二十世纪二十年代梁启超的文学现代性之路是以中国传统文学为根基,在此基础上"采补"西方文学;而"五四"以青年为主的文学活动群体在反省现代性的基础上人生观建立的基点是西方的"民主和科学",因而以"人的自觉"和"文的自觉"的文学育人之路必然与启蒙、理性、进化论相一致,于是现实主义文学家进行"现代"文学创作,他们主要学习和借鉴的范式自然是西方文学的叙事模式,进而建构了"在很大程度上脱离了自身固有的轨道"的一种"全新的知识——价值体系"。①

整个二十世纪二十年代各个文学流派进行的文学活动最终都是在探

---

① 刘勇,龙泉明.中国小说现代转型的历史性出场——"问题小说"新论[J].江苏大学学报(社会科学版),2005(3):70.

讨人生观的问题，也就是说合理人生观指导着文化观的实践以及关乎着对于西方文化如何择取的问题。正如张君劢所言："方言国中竞言新文化，而文化转移之枢纽，不外乎人生观。吾有吾之文化，西洋有西洋之文化。西洋之有益者如何采之，有害者如何革除之；凡此取舍之间，皆决之于观点。观点定，而后精神上之思潮、物质上之制度，乃可按图而索。此则人生观之关系于文化者所以若是其大也。"① 例如，以"五四"人为主要创作群体的现实主义文学家的现代性"新文学"建构，首先就是确立了自己"为人生"的文学观，指出把文学当作一种享乐的、游戏的文学观已经过时了，我们应该把文学真正地看成是一种有意义的工作，一种对于我们的"人生"很紧要的工作;② 又如周作人把"问题小说"写作的定位建立在对于中国传统小说和近代小说比照的视角上来理解，认为代表普通民众文学的问题小说，核心观点就是关涉人生各种问题的大讨论；而与此相对的中国传统小说很少有涉及人类生存现状的题材，并且从小说的地位上来看，"又素以小说为闲书"，自然也难以有对于人生问题的关注;③ 再如茅盾从文艺观的视角以新旧文学的根本属性来定位"问题小说"，提出鉴别新旧文学的唯一方法是看哪派文学的作品是"表现人生的"，旧派总是把文学看作游戏、消遣，是为统治阶级服务的，更有甚者是以牟利为目的的，而新派始终是表现人生的诸多问题，并且明确表明自己的观点，文学应该抱有一种"严正的观

---

① 张君劢，胡适，梁启超，陈独秀，等. 科学与人生观［M］. 北京：中国致公出版社，2009：5.
② 刘增杰，关爱和. 中国近现代文学思潮史：上卷［M］. 上海：上海文艺出版社，2008：347.
③ 钱理群，温儒敏，吴福辉. 中国现代文学三十年［M］. 北京：北京大学出版社，2017：58.

念"来进行创作，从这个角度来看，新派文学的价值要远远大于旧派文学。① 梁启超文学教育思想的最终目的是为了国民拥有健全的人格，彰显文学与人生的辩证统一，我们把梁启超的文学教育思想放在多元文学思潮并存的语境下进行比较研究，从而彰显其独特的魅力。

"五四"初期的"文学革命"青年对于中国传统文化表现出"利刃断铁、快刀理麻"的绝对对立的态度，唯西学是从，例如，吴稚晖讲道："这国故的臭东西，它本同小老婆、吸鸦片相依为病"；又如胡适所言："死心塌地地去学人家，不要怕模仿。……不要怕丧失我们自己的民族文化"②，这一横扫一切中国传统文化的"文学革命"势必会引起梁启超的关注，当然梁启超的态度并不是反对这场"文学革命"，梁启超以情感教育为核心的文学教育思想在一定程度上调和着"五四"青年某些过于偏激的文学言论，例如，针对"五四"青年人对于文言的极力排斥而提出的文言和白话调和的主张。

第三节　梁启超文学研究综述

一、国内外梁启超文学研究的现状和趋势

关于国内外梁启超文学研究的现状和趋势，具体可以从三个时期来

---

① 严家炎. 二十世纪中国小说理论资料·第二卷（1917—1927）［M］. 北京：北京大学出版社，1997：233.
② 杨联芬，等. 二十世纪中国文学期刊与思潮（1897—1949）［M］. 南昌：百花洲文艺出版社，2006：69-70.

考量。

（一）第一个时期（1948 年以前）

正如著名学者郭延礼所言："关于梁启超的研究，包括从文学角度对他进行的研究，其实从他还在世时就已经开始了。"例如，1903 年在《新小说》第七号上，作者楚卿对梁启超"小说界革命"提出的俗语文体予以肯定并进行评论，"请言雅俗：饮冰室主人常语余：俗语文体之流行，实文学进步之最大关键也。各国皆尔，吾中国亦应有然⋯⋯""十年以来，前此所谓古文、骈文家数者，既已屏息于文界矣，若能百尺竿头，更进一步，剥去铅华，专以俗语提倡一世，则后此祖国思想言论之突飞，殆未可量。而此大业必自小说家成之"①。又如 1917 年 2 月 25 日钱玄同在《至陈独秀信》一文中说："梁任公实为创造新文学之一人。虽其政论诸作，因时变迁，不能得国人全体之赞同，即其文章，亦未能尽脱帖括蹊径，然输入日本新体文学，以新名词及俗语入文，视戏曲小说与论记之文平等（梁君之作《新民说》《新罗马传奇》《新中国未来记》，皆用全力为之，未尝分轻重于其间也），此皆其识力过人处。鄙意论现代文学之革新，必数梁君。"②

这时期作为梁启超文学研究的初始阶段，虽然各项研究还不算深入，大多只是关于梁启超个别文学现象的散见评论或是对于梁启超的去世给予一种缅怀，但是我们可以感受到论述语境非常轻松，没有过多的政治干预，研究视角初显多元化。

---

① 陈平原，夏晓虹. 二十世纪中国小说理论资料·第一卷（1897—1916）［M］. 北京：北京大学出版社，1997：80.
② 严家炎. 二十世纪中国小说理论资料·第二卷（1917—1927）［M］. 北京：北京大学出版社，1997：25.

（二）第二个时期（1948—1978 年）

这时期"革命典范"主流话语引导着政治、思想各个层面（为美国著名学者墨子刻所提出的"转化"思想），这一话语主导倾向不但影响着国内学者关于梁启超的研究取向，同时也适用于海外学者对于梁启超的学术研究。例如，台湾学者潘英（1988）在《革命与立宪》一书中评论了 45 部台湾史学界此时期的主要作品，他认为大多数学者都被圈定在"革命典范"这一研究定式内，只有少数学者能够突破"正统观念或政治神话，而公允地研究这一段历史"①。

此时期尽管有的学者对于梁启超在戊戌时期以及前期文学启蒙的成绩给予一定程度的肯定，如学者蔡尚思发表于 1961 的《梁启超在政治上学术上和思想上的不同地位——再论梁启超后期的思想体系问题》一文指出："梁启超在学术上的地位，正和他在政治上思想上的地位相反，他在政治上思想上的地位和作用是后期不如前期；而他在学术上的地位，则前期不如后期。"② 但是从总体上来讲，此时期对于梁启超的研究基本上是从政治视角予以批判、否定的，也许是因为梁启超思想呈现出太多的"流质易变"，如戊戌政变之后在革命与保皇之间的游移不定并最终彻底放弃革命，拥袁、拥段以及 1919 年游欧归来的"重释传统"，这时期在政治批判为主导的模式下关于梁启超的文学研究的成果寥寥无几。

---

① 黄克武 . 一个被放弃的选择：梁启超调适思想之研究 [M] . 北京：新星出版社，2006：9.

② 蔡尚思 . 梁启超在政治上学术上和思想上的不同地位——再论梁启超后期的思想体系问题 [J] . 学术月刊，1961（06）：28.

（三）第三个时期（1979 年以来）

1979 年以来，学术领域逐渐摆脱"拨乱反正""极左思潮"，这时期对于梁启超的研究是在打破政治批判的限囿，以反思、重新审视之前关于梁启超的研究拉开帷幕的、开启梁启超多元研究的新篇章。其中文学领域关于梁启超的研究硕果累累，从我们目前掌握的资料来看，其研究领域愈加广泛，研究愈加具体化、深入化，呈现出诸多新视野、新趋势。例如，以《饮冰室合集》（12 卷）为代表的多种原著和以夏晓虹的《觉世与传世——梁启超的文学道路》为代表的多种研究专著的出版；又如关于梁启超与"五四"文学的关系，梁启超与小说，梁启超触碰西学，梁启超的"趣味"论，梁启超的人生观，梁启超与儒学以及梁启超与浪漫主义文学等专一视角的著作和期刊论文大量涌现；再如，梁启超文学思想被列入文学史，如任访秋主编的《中国近代文学史》专门列出一章对于梁启超的文学思想进行了研究。此外，1982 年，"当代新儒家与中国的现代化"讨论会在台湾召开，对于梁启超的研究逐渐建立在客观、肯定的基础上，出现了新的研究态势。例如，台湾著名学者黄克武的《一个被放弃的选择——梁启超调试思想之研究》，新星出版社于 2006 年出版，该论著从思想史的角度，以《新民说》为研究对象，承续墨子刻的"转化与调适"思想，"以转化思想作为参照，研究梁启超的调适思想……"有助于我们在梁启超"调和"思想的来源、发展现状以及当前关于梁启超"调适"思想的主要研究视角上得以更全面地了解和把握。

这时期海外关于梁启超的研究，从目前收集的资料来看主要呈现在美国和日本。1971 年，哈佛大学出版了美籍华人张灏《梁启超与中国思想的过渡（1890—1907）》的专著，张灏以"史"的线索、政治的角度对于梁启超进行全方位的解读，尤其是关于"新民"理论根源（中西文化的"择"）的深层探究，张灏认为梁启超在1898—1907年，其思想是以"群"为基础的集体主义国家观念，"个人"要服从"集体"。持此观点的还有黄宗智、刘纪曜，他们都认为梁启超思想缺乏穆勒主义中的个人自由的观念，认为他的民主思想是与集体主义与权威主义结合在一起的，但是我们要注意这些学者所秉持的观点是介于梁启超在1918年以前的学术活动。1986年，美国的约瑟夫·阿·勒文森的译著《梁启超与中国近代思想》由四川人民出版社出版，这本论著开"西方冲击论"研究梁启超的先河，论著分为三编，即以1873—1898年、1898—1912年、1912—1929年三段时间为线索展开对梁启超的研究。

关于梁启超与日本关系这一研究视野是随着中日两国恢复正常化交流之后才逐渐引起相关学者注意的，目前已经掌握的资料有狭间直树编《梁启超·明治日本·西方——日本京都大学人文科学研究所共同研究报告》，这里汇集了日本学者从多个视角研究梁启超的成果，如狭间直树的《〈新民说〉略论》，竹内弘行的《关于梁启超师从康有为的问题》，山田敬三的《围绕〈新中国未来记〉所见梁启超革命与变革的思想》等；中国学者郑匡民于2003年出版的《梁启超启蒙思想的东学背景》和石云艳于2005年出版的《梁启超与日本》，这两部专著是两位学者亲历日本、实地搜集、整理基础上的结晶，为我们研究梁启超在"借途"日本方面提供了大量翔实的参考资料。

二、梁启超文学教育思想研究态势

二十世纪二十年代梁启超文学教育思想是以文学审美现代性为基础、以人生观为切入点进行研究。论文集中阐释的相关问题：健全人格建构与文学教育的关系；合理人生观建立；人生观与学问观的关系；接受反省现代性思潮进而确立文学审美现代性的文学观念，具体表现在人文主义思潮的"采补"基础上如何"淬厉"中国传统文化，文学情感教育及具体的文学烛照；中西文化观的问题。因此，我们从上述阐发的已有研究成果基础上集中从文学审美功能、合理人生观建立和文学教育的关系角度予以进一步的梳理和考察，这些研究视角代表着近年来梁启超文学研究的新趋势，同时这些新的研究态势也是本论文研究方向可行性的最好诠释。

（一）从文学审美功能的视角探讨梁启超文学趣味教育、情感教育和"美术人"

钱中文于 2004 年发表一篇题为《"五四"前我国文学观念的论争和现代化之首演》，文中剖析了"五四"前我国文学观念的现代性问题，由于现代性的不同择取和对于不同文艺思潮的接受，使得文学观念的现代性呈现出多样性的特征，其中关于梁启超文学观念的现代性，钱中文讲道："梁启超在文学话语、文体现代化进程中无疑有着重大的作用。"① 文中主要以小说为例，认为梁启超现代化的文学观是一种"政

---

① 钱中文."五四"前我国文学观念的论争和现代化之首演［J］.陕西师范大学学报（哲学社会科学版），2004（04）：7.

教型文学观"①。但是，钱中文在 2013 年发表了另一篇相关的文章《我
国文学理论与美学审美现代性的发动——评梁启超的"新民""美术
人"思想》，文中从文学现代性的视角对于梁启超的文学观有了更加全
面的理解，首先认识到梁启超前后期文学观念的承续性、一致性，在肯
定梁启超小说启蒙新民的同时，更为重要的是认识到梁启超小说观念已
经触及了文学的某些本质特性，看到了小说发挥情感和启迪人性的力
量，紧接着钱中文重点挖掘了二十世纪二十年代梁启超的学问之路，具
体表现在：首先，先确立责任心和趣味做根柢的人生观；其次，文学教
育是人生观指导下实现"美术人"的重要途径。② 我们依据钱中文阐释
的关于梁启超文学的观点再次得到启示，梁启超理想中的"新民"和
"美术人"都是具有健全人格的国民，而二十世纪二十年代以情感教育
为核心的三达德教育是国民健全人格得以实现的具体实践。

再如张冠夫在《从"新民"之利器到"情感教育"之利器——梁
启超文学功能观的发展轨迹》等一系列文章中实际上就是在逐步探讨
梁启超文学功能观如何由单一的文学启蒙功能最终回归到文学本身审美
属性的问题。首先，"将文学作为文化现象来看待"③，张冠夫讲到梁启
超游美洲归来受民族主义理论的影响，"梁启超特别注意到了文学在体

---

① 钱中文．"五四"前我国文学观念的论争和现代化之首演［J］．陕西师范大学学报
（哲学社会科学版），2004（04）：8.
② 钱中文．我国文学理论与美学审美现代性的发动——评梁启超的"新民""美术人"
思想［J］．社会科学战线，2008（07）：125.
③ 张冠夫．从"新民"之利器到"情感教育"之利器——梁启超文学功能观的发展轨
迹［J］．上海交通大学学报（哲学社会科学版），2013（01）：92.

现民族特性和民族精神，激发民族主义思想中所能发挥的作用"①；"随着梁启超思想中文化民族主义成分的进一步加强，……相应地，他对于文学在其中所发挥的文化功能也更加重视"②；"随着梁启超对于文学在培植和传承'国民性'以及体现和树立'国风''国性'中所具有的文化价值的认识的逐步增强，虽然他并未放弃启蒙的文学观，但以愈益地体现出修正单一的启蒙向度的意图"，即"启蒙的因素与文化的因素相结合的趋向"。③ 其次，张冠夫以游欧归来整个二十年代梁启超文学思想为研究对象，游欧归来的梁启超接受反省现代性思潮，"梁启超对文艺复兴所体现的理性和情感均衡发展的人文主义的发展路向给予了高度肯定"，"将文学与社会和文化的'情感'维度的建设相联系，这明显反映出梁启超对于文学功能的认识发生了根本转变"，对文学功能予以重新定位，④ 着力于"个人的审美取向"之"嗜好"和"文学之'体'"的"趣味"，"随着梁启超对于情感在现代人格和现代文化中的重要性的认识的不断加强，以及他对于文学在现代文化中的独特地位

---

① 张冠夫．从"新民"之利器到"情感教育"之利器——梁启超文学功能观的发展轨迹［J］．上海交通大学学报（哲学社会科学版），2013（01）：91.

② 张冠夫．从"新民"之利器到"情感教育"之利器——梁启超文学功能观的发展轨迹［J］．上海交通大学学报（哲学社会科学版），2013（01）：91.

③ 张冠夫．从"新民"之利器到"情感教育"之利器——梁启超文学功能观的发展轨迹［J］．上海交通大学学报（哲学社会科学版），2013（01）：92.

④ 张冠夫．从"新民"之利器到"情感教育"之利器——梁启超文学功能观的发展轨迹［J］．上海交通大学学报（哲学社会科学版），2013（01）：93；新文化运动语境中梁启超"情感"观的转变［J］．南开学报（哲学社会科学版），2013（01）：89-96；新文化视域中的现代情感诗学建构——1920年代初梁启超对于文学之"体"与"用"的重新定位［J］．湖南大学学报（社会科学版），2011，25（04）：86-92；情感诗学与情感政治——观察二十世纪二十年代梁启超新文化观的一个维度［J］．清华大学学报（哲学社会科学版），2010：25（S2）：86-93.

的愈益明确，他借鉴中国传统的诗学资源，从而最终将文学的本质定位于'情感的表现'，而将文学的功能主要定位于'情感教育'"，张冠夫强调梁启超的文学情感教育是以文学审美功能为基础的。①

（二）人生观与文学情感教育、趣味教育

金雅在《梁启超美学思想及其价值启思》一文中阐发梁启超的美学思想及其价值，其中把重点放在整个二十世纪二十年代的研究上。金雅讲到二十世纪二十年代梁启超以趣味美学原则将人生观与文学的情感完美结合起来，文中谈到梁启超"趣味"人格建立最为有效的途径是艺术审美教育，健全人格建构是梁启超美育思想中的核心问题，其中艺术情感教育、趣味教育是"教育的本质和内涵"，② 而梁启超的艺术范畴里自然包含文学。

又如陈望衡在《评梁启超趣味主义人生观》一文中集中阐述梁启超趣味主义人生观的建立，更为可贵的是陈望衡进一步深入地考察到梁启超以自己人生观为出发点提出艺术的情感教育和趣味教育。③

（三）关于道德教育

从目前已有的研究成果来看，关于梁启超道德教育研究多集中于《新民说》时期，主要研究视点有人格教育、人格建构、国民性改造、伦理道德以及公德和私德说。

首先，李金和的专著《平民化自由人格 梁启超新民人格研究》以

---

① 张冠夫. 从"新民"之利器到"情感教育"之利器——梁启超文学功能观的发展轨迹 [J]. 上海交通大学学报（哲学社会科学版），2013（01）：89-96.

② 金雅. 梁启超美学思想及其价值启思 [J]. 文艺争鸣·现象，2008（03）：150.

③ 陈望衡. 评梁启超趣味主义人生观 [J]. 湖南大学学报（社会科学版），2000（2）：15-20.

《新民说》为中心，平民化自由人格是其论述的主旨思想，其中关于新民人格教育指出需要情感教育、趣味教育。①

其次，从伦理学视角，徐曼在《梁启超伦理思想述论》一文中以《新民说》为中心讲到梁启超在中西伦理道德思想的比较中显示出对于国民道德改造的急切心情，徐曼在阐发梁启超中西伦理道德"化合"观的基础上给梁启超的"新民"下定义，即"所谓'新民'，就是要把中华民族的优良道德与西方民族道德观念中的长处结合起来，构造一种全新的国民道德观念和心理品质"。文中作者提及了梁启超"新民"建构中道德修养与道德教育的重要性，看到了公德与私德的辩证关系，尤为可贵的是论者谈到梁启超道德教育的问题，涉及了梁启超"致良知"对于"新民"道德教育的价值。②

又如陈环泽在《从〈新民说〉到〈德育鉴〉——基于伦理学视角的文本考察》一文中从伦理道德的角度，关于梁启超对于严复三民思想的承续与全面阐说的问题，公德与私德辩证统一的探讨以及为何1903年梁启超尤为推重私德等方面进行简要的概述。③

再次，从国民性改造的视角，徐松荣的《梁启超国民性改造思想述论》围绕梁启超国民性改造这一核心课题，以"在不同时期提出不同的目标，采取不同的活动方式"为参照，依时间顺序概括各个时期梁启超改造国民性的特点。其中，以《新民说》作为重点论

① 李金和. 平民化自由人格 梁启超新民人格研究［M］. 北京：知识产权出版社，2010：232.
② 李喜所. 梁启超与近代中国社会文化［M］. 天津：天津古籍出版社，2005：404.
③ 陈环泽. 从《新民说》到《德育鉴》——基于伦理学视角的文本考察［J］. 江苏行政学院学报，2010（01）：22-27.

述内容。①

最后，从公德与私德的辩证关系角度，陈来在《梁启超的'私德'论及其儒学特质》一文中，首先深刻地阐释了梁启超"公德—私德互补论"，紧接着肯定了梁启超的德育尤其是"私德"教育对于整个学界二十年代"精神危机"的承续与前瞻性，同时认识到梁启超的"私德"论是以"现代性"特质的儒学为文化源泉的。②

梁启超的道德教育、人格教育与二十世纪二十年代的情感教育是一以贯之的，通过对于"新民"时期道德教育已有研究成果的累积与考察，有助于我们更好地比较梁启超前后期文学教育思想的异同。

综合上述研究成果，首先，从文学教育视域下探究国民性改造、人格教育乃至健全人格建构的研究成果寥寥无几；其次，关于道德教育、人格教育和情感教育没有看到三者之间的承续性，而是把他们进行断裂性的研究；最后，目前学界尚没有详尽、深入、全面地挖掘二十世纪二十年代梁启超以情感教育为核心的文学教育思想的研究成果。

---

① 李喜所．梁启超与近代中国社会文化［M］．天津：天津古籍出版社，2005：380．
② 陈来．梁启超的"私德"论及其儒学特质［J］．清华大学学报（哲学社会科学版），2013（01）：52-71．

第二章

合理人生观确立

第一节　反思现代性语境下对于合理人生观的诉求

梁启超在欧战刚刚结束不久即起身开始长达一年之久的欧洲之行，西方社会的再度近观，使得梁启超直接感触欧洲社会的文化实况，并在此过程中接受了反省现代性思潮，这一反省是建立在理性的、客观基础之上的，是通过具体实践得来的，不会被生活中的各种享乐主义所迷乱方向，开始重新思考"生活的意义"并且积极为之努力践行着，[①] 这是梁启超自身以文化路径探寻救国、爱国道路上由"三界革命"时期接受理性、自由、平等、进化、科学等为主要特征的启蒙现代性的超越，主要表现在人生观和文化观两方面内容。

早在二十世纪初年中国国内就已经出现了相关传播、引介欧洲现代性思潮变动的文章，例如，鲁迅的《文化偏至论》（1907）、杜亚泉的

---

① ［法］阿尔弗雷德·登克尔，［德］汉斯-赫尔穆特·甘德，［德］霍尔格·察博罗夫斯基. 海德格尔与其思想的开端［M］. 北京：商务印书馆，2009：16.

《东方杂志》等，他们主要是借途日本获得欧洲现代性思潮变动的讯息，也就是说二十世纪初年日本学界对于欧洲现代性思潮的变动、柏格森哲学等研究正处于蓬勃发展的阶段，而此时梁启超正暂避日本，较之国内他更能进一步地感悟这场欧洲现代性思潮的变动。

欧战加速了西人理性危机的意识以及对于自身文化的怀疑，"无与伦比的不知所措、不确定和没有目标性，容易被眼前的事件和短暂的情绪所迷惑"① 是当时欧洲人的真实写照。关于这一欧洲文化发展轨迹，尼采早在 1888 年就已经预言了，尼采讲道："我讲述的是接下来两百年的历史。我描述了将要来到和不可能来到的一切：虚无主义的到来。这段历史之所以现在就能被讲述，是因为其发展的必然性已经可以预测。未来已经自明于成百上千种迹象中，命运无时不在宣告着它的存在；所有的人都竖着耳朵准备倾听未来的音乐。很久以来，我们的整个欧洲文化就像在朝着一个灾难性的方向发展，紧张局面与日俱增：骚动、暴力、过于激烈：就像一条希望抵达终点的河流，不再自我反省，害怕自我反省。"②

欧战刚刚结束不久，斯宾格勒于 1918 年 7 月出版了其代表作《西方的没落》，这本著作的问世仿佛是"西方没落"的预言；罗素认为西方社会的现代性与理性、自然、科学万能、漠视人的情感等因素紧密相连，由此彰显出来的是一种"机械的人生观"，即把人生当成一大堆无

---

① ［法］阿尔弗雷德·登克尔，［德］汉斯-赫尔穆特·甘德，［德］霍尔格·察博罗夫斯基. 海德格尔与其思想的开端［M］. 北京：商务印书馆，2009：15.
② ［法］阿尔弗雷德·登克尔，［德］汉斯-赫尔穆特·甘德，［德］霍尔格·察博罗夫斯基. 海德格尔与其思想的开端［M］. 北京：商务印书馆，2009：14.

生命的原材料，通过自然科学的方法人为地把它们分割成固定的模型。①

梁启超对于欧洲人的这场文化危机感触颇深，他讲到在"科学万能"之下，人类充斥在"纯唯物的纯机械的人生观"之下，信仰缺失，道德沦丧，"个人欲望"极度膨胀，"弱肉强食"，在他看来本属于人类精神层面的"智的""情的""意的"的哲学和宗教，人类的生活有了它们的指引，"虽然外界种种困苦，也容易抵抗过去"。②但是，现如今人类的内部生活，也就是精神生活所赖以生存的宗教和哲学准则已经被自然科学打得自乱阵脚，人类的一切生活全部通过物质层面来衡量，正如施特劳斯在《现代性的三次浪潮》讲演中关于"什么是现代性的特点"所讲的，"现代性是一种世俗化了的圣经信仰，……不再希望天堂生活，而是凭借纯粹人类的手段在尘世上建立天堂"，"尤其重要的是，这个界定没有告诉我们世俗化是什么，除非以肯定的方式：圣经信仰的丧失或萎缩"。③

梁启超认为西方人的"形而上学""科学的方法""生物进化说"均是"特别注重""主智"，没有真正的领悟人生的真谛，这样的人生观仅仅适用于人类生活之外的各种事物，是机械式的、呆板的，但是很遗憾西人并没有早一些认识到这一人生问题的严重性，因而沦为如今彷徨、失望、苦闷的结果。但是，梁启超对于合理人生观的建立还是满怀憧憬的，他认为通过战争反而带给人类精神生活以"莫大的刺激"，因

---

① 郑师渠．欧战前后国人的现代性反省［J］．历史研究，2008（01）：91.
② 梁启超文存［M］．刘东，翟奎凤，选编．南京：江苏人民出版社，2012：2.
③ 刘小枫．苏格拉底问题与现代性——施特劳斯讲演与论文集：卷二［M］．北京：华夏出版社，2008：33-34.

而人生观必然会发生重大变化，"哲学再兴""宗教复活"都是有可能发生的。①

第二节　以儒家人生哲学为源泉

战后欧洲反省现代性思潮把自古希腊以来就已经探讨的"人是什么"的问题重新提上日程，该问题成为讨论的热点，现代性所彰显的理性、自然、效率被反省现代性思潮喻为理性危机，而这股非理性主义思潮"转而强调人的情感、意志与信仰"②。这一思潮走向恰与中国古代人生哲学达到完美契合，由此梁启超看到了中国人生哲学的重大价值，他讲到，儒家人生哲学是"纯以人生为出发点"的，"主情、主意"是儒家人生哲学最为重要的特征，梁启超以儒家人生哲学作为理想人生的准则，认为欧洲自希腊以来的人生观都没有引领人类走到正确的人生方向，即使是像欧肯、柏格森等人"很努力地从体验人生上做去"，但是很遗憾西人关于人生道路的所有探寻之路拿来和中国儒家人生观进行比较都是非常幼稚的。③

主情、主意是儒家人生哲学的重要表征，除此之外，儒家人生哲学还具有知行合一、对于人类精神生活的肯定、"知其不可而为之"以及对于"仁"的体悟等特点。

---

① 梁启超文存［M］．刘东，翟奎凤，选编．南京：江苏人民出版社，2012：11.
② 梁启超文存［M］．刘东，翟奎凤，选编．南京：江苏人民出版社，2012：82.
③ 梁启超文存［M］．刘东，翟奎凤，选编．南京：江苏人民出版社，2012：377.

　　由此，梁启超在反省现代性思潮语境下接受以精神文明与物质文明评判中西文化的文化观，在对西方物质文明机械人生观反省的过程中，梁启超把孔子所代表的儒家学说作为合理人生观的源泉，在此基础上面对"西洋文明已经破产"，西人等着"中国文明输进来"去"救拔"他们，梁启超向国人发出号召，"我们不应当导他们于我们祖宗这一条路上去吗?""我们看看是否可以终身受用不尽，并可以救他们西人物质生活之疲敝"①。以儒家人生哲学为基础的合理人生观的探求是梁启超努力挖掘儒家文化的现代性价值观念、对于人的生存状态的关照以及深触世界人文主义思潮的彰显；此外，这与此时西人崇拜东方文化，罗素、泰戈尔、杜里舒等人的访华以及中国正在进行的文化民族主义等问题息息相关。

第三节　"责任心与兴味""调和"的人生观

　　梁启超讲到既然儒家的人生价值观纯粹是以人生作为"出发点"的，并且现在的西人对于中国传统文化又是那样的"望尘莫及"，那样的渴望将其介绍过去，② 这是梁启超在反省现代性思潮对于中国传统文化自信心增强的表达，在他看来儒家文化把宇宙和人生看成是一个整体。宇宙绝不可能脱离人类的生活而独自存在。社会的进步是人类努力创造的结果。人类在前进的道路上应该少一些功利因素，少一些计较得

---

① 梁启超文存［M］. 刘东，翟奎凤，选编. 南京：江苏人民出版社，2012：378.
② 梁启超. 饮冰室合集·文集之三十九［M］. 北京：中华书局，1989：114-115.

失，自然生活是总含着春意的。梁启超认为儒家观念下的宇宙人生观是关于精神生活的追求，注重宇宙的进化与人的主观能动性的辩证统一，"知其不可而为之"的人生态度，寻求精神的恬淡、趣味，不重目的与结果，享受过程的美好，就像欧肯所说的，人类生活至少应该懂得三个道理：第一，我们先要确立一个长期稳定而明确的"精神支柱"；第二，我们要充分发挥自己的创造才能，即"首创性"；第三，我们的生活若想要健康、美好、向上，那么应该"摆脱不纯洁动机"，这样的生活一定是有意义的和有价值的。① 欧肯、柏格森生命创化的唯心史观被梁启超所借鉴，这里梁启超认识到"宇宙"与"我"的紧密关系，认为"宇宙的进化，全基于人类努力的创造"，即充分认识到"我"的价值。

梁启超在反省现代性思潮的过程中，在中西文化对话的基调下，在重释中国传统文化的基础上确立以儒家学说作为合理人生观，并在此基础上进一步使其明朗化，最终确立自己的人生方向，具体来说就是梁启超在谈到自己的人生观时说："诸君读了我的近二十年来的文章，便知道我自己的人生观是拿两样事情做基础：（一）'责任心'，（二）'兴味'"，进而讲到自己是"感情最富的人"，并且认为自己的人生观，即"偏于感情方面"的"责任心"和"兴味""常常得意外的调和"。②

那么，游欧归来的梁启超的"责任心"与"兴味"的人生观到底怎样"调和"呢？这种经过"调和"的人生观呈现一种什么样的心境

---

① ［德］R. 奥伊肯. 人生的意义与价值［M］. 张蕾，译. 北京：新星出版社，2013：83.
② 梁启超. 饮冰室文集点校［M］. 吴松，等点校. 昆明：云南教育出版社，2001：3307.

呢？是令人"恬静的""愉快的"？还是"烦闷、苦痛、懊恼"的？①

　　游欧归来的梁启超把"责任心"与"兴味"的调和具体实践为
"知其不可而为之"和"为而不有"的"调和"，开创儒学与道学"调
和"的先河。"知其不可而为之"和"为而不有"的"调和"的人生
观定义为"'无所为而为'主义"，这个"主义"的关键词是抛弃"人
类计较厉害""喜欢做便做""艺术的情感的""生活的艺术化"②。梁
启超讲到"'无所为而为'主义"和近年来社会所流行的功利主义截然
不同，由此，"'无所为而为'主义"则是非功利的、"精神生活"的、
审美的。③

　　梁启超认为凭着"热心做去""为劳动而劳动，为生活而生活"的
"'无所为而为'主义"，④首先要知晓"天下事无绝对的'可'与'不
可'，即无绝对的成功与失败"；"宇宙是不圆满的"，"常为未济"，⑤
"成功""表示圆满"，即为"生活""休止"，⑥而"失败""表示缺
陷"，梁启超认为"失败""缺陷"代表"人类之努力"，人类"正在
创造之中"，"失败"只不过是"人类努力中"的"偶有退步"，"以全
部看"，"仍是向上走。"⑦由此，梁启超倡导"做事"依"热心""自
己喜欢的""把成功与失败的念头都撇开一边，一味埋头埋脑的去做"，

①　夷夏. 梁启超讲演集［M］. 石家庄：河北人民出版社，2004：31.
②　夷夏. 梁启超讲演集［M］. 石家庄：河北人民出版社，2004：39.
③　夷夏. 梁启超讲演集［M］. 石家庄：河北人民出版社，2004：32.
④　夷夏. 梁启超讲演集［M］. 石家庄：河北人民出版社，2004：32，38.
⑤　梁启超文存［M］. 刘东，翟奎凤，选编. 南京：江苏人民出版社，2012：387.
⑥　夷夏. 梁启超讲演集［M］. 石家庄：河北人民出版社，2004：33.
⑦　梁启超文存［M］. 刘东，翟奎凤，选编. 南京：江苏人民出版社，2012：387.

其实正是"趣味""感情""尽量发展"的彰显①，正如海德格尔所讲的："文明只有建立在独立精神生活的基础之上，否则文明不会达到真正的高度……现实生活中并不存在什么提升、升华，而只有渺小，这种渺小在伟大面前表现得尤为明显。在人类的生活圈内并不存在什么崇高，也没有真正的伟大，没有什么能够掌控其他事物的升迁提高，没有什么能抑制住其他事物的发展。因为要达到这个目标，人类自身必须生成一种超越人性的东西，一种使人类有优越性的感觉，而人类又必须能够从某种程度上将这种感觉视为自己与生俱来的特质。只有从立场出发才能从真正意义上提升人类存在，从而将人类从所有束缚解脱出来，使人从仅仅为人的狭隘生活中解放出来。"② 因此梁启超在《趣味教育与教育趣味》中进一步定位自己的人生观，即他的"人生观"是以"精神上的快乐"的"趣味做根柢"③。由此，我们可以看到游欧归来的梁启超确立的"'无所为而为'主义"人生观是偏向于"兴味"的，那么建构在"拿趣味做根柢"的人生观自然是"可赞美的，可讴歌的，有趣的"④。

　　梁启超"合理人生观"的探求以及在此基础上引发的"科玄大战"是反省现代性思潮的"超越"，是建构在中西文化对话基础上对于人生价值的拷问。

----

① 夷夏. 梁启超讲演集［M］. 石家庄：河北人民出版社，2004：31-32，37.
② ［德］鲁道夫·欧肯. 近代思想的主潮［M］. 高玉飞，译. 合肥：安徽人民出版社，2013：253.
③ 梁启超. 饮冰室文集点校［M］. 吴松，等点校. 昆明：云南教育出版社，2001：3316.
④ 夷夏. 梁启超讲演集［M］. 石家庄：河北人民出版社，2004：32.

梁启超以孔子为代表的儒家人生观问题，或者说梁启超欧游后回归传统文化问题，涉及的"传统"已并非"固有"，已然是旧瓶融入新酒了，莫不如说他是彰显"近代化"的传统，正如严既澄在评价梁漱溟的《东西文化及其哲学》一文中，认为以孔子为代表的儒家人生观是为国人"合理的人生观"，讲到此时的孔子思想已然成为"近代化的孔家思想"，因此梁启超的"重释传统"并不是与"传统"重叠，而是已然与"传统"产生了错位。①

---

① 陈崧．五四前后东西文化问题论战文选［M］．北京：中国社会科学出版社，1989：462.

第三章

文学观念审美现代性的生成

二十世纪二十年代梁启超文学观念更多呈现出审美的视野，已由"三界革命"时期对于审美文学的滥觞走向自觉关照，其中最鲜明的表达就是努力挖掘中国传统文学中抒情传统的现代化价值，这是现代性文化反省的最重要表达，是梁启超接受西方人文主义思潮的具体实践运用，同时也是针对新文化运动主创们的"文学革命"更多地从文学启蒙的维度进行文学创作的调和与校正。

第一节　人文主义思潮的接受

十九世纪中叶开始，欧洲社会进入"盛现代性阶段"[1]，启蒙现代性和工具理性遍及社会生活的各个领域，因为科学快速的发展，启蒙现代性变化的速度"太骤"，力度又如此之猛，范围又如此之广，当人们想要把自己的"内部生活"与这种超速发展的"外部生活"相适应的时候，却表现出处处的应接不暇，[2] 作为人类情感重要依托的艺术与实

---

① 周宪. 审美现代性批判［M］. 北京：商务印书馆，2016：20.
② 梁启超文存［M］. 刘东，翟奎凤，选编. 南京：江苏人民出版社，2012：3.

际生活严重脱节。

我们把二十世纪二十年代梁启超文学教育思想的考察放在现代性语境中，那么对于西方文化的借鉴是我们所不能漠视的，正是由于西方这股自"19世纪称得上是具有划时代意义的文艺复兴史研究时期"① 是"欧洲之文艺复兴，则追求之念最热烈之时代也"，② 因而亲历欧游的梁启超才能得以接触、衔接和体悟这股自文艺复兴以来的人文主义文化思潮，例如，梁启超在为蒋百里的《欧洲文艺复兴史》所作的序言中回忆道："百里自言此书根据法人白黎许氏讲演。此讲演吾实与百里同听受……"可以见得梁启超欧游期间曾经亲自聆听过学者的相关演讲，那么欧游归来的《欧游心影录》以及《清代学术概论》就是对于这股文化潮流及时接受的思想结晶。梁启超以积极的心态迎接世界各种文化大潮的洗礼，但是此时之"我"绝非昔日之"我"，对于西学的接纳再也不可能像早前那样"葫芦吞枣"完全吃进，而是确立了"择"的文化观，当然早在《新民说》时期梁启超就已经改变了"崇西"的文化策略，只是在二十世纪二十年代显得更加成熟与理性，对于人文主义思潮尤为重视就是极好的证明。梁启超对于西方文化之"择"，主要表现为反思以理性、科学万能以及功利主义、进化论作为表征的启蒙现代性文化，从而接受与择取与之相对的人文主义思潮，即文艺复兴时期的人文主义思潮和十九世纪末二十世纪初人文主义思潮，关于文艺复兴时期

---

① 周春生. 对文艺复兴时期人文主义诗性智慧的历史透视［J］. 史学理论研究，2010（04）：103.

② 蒋百里. 欧洲文艺复兴史［M］. 北京：东方出版社，2007：序言.

的人文主义，复兴"古典"是"文艺复兴"和"人文主义"的核心内容；① 而十九世纪末二十世纪初的人文主义思潮，主要是指梁启超借鉴与自己同时代的以欧肯、柏格森为代表的"以人为中心来探寻世界的本质等哲学问题，它更多地关注人的生存状态及人的精神世界的研究"②。

一、情感主义的"采补"与"淬厉"

战后欧洲影响西人的文化思潮、价值观、人生观、人们的心理状态等，伴随着西学东渐大潮同样改变着国人的价值观、消费观、道德观以及教育观，因此梁启超提出借鉴欧洲的文艺复兴思潮是出于中西文化实际语境的深沉思考的，因为自从法国大革命开始、人类社会进入启蒙时代以来，人们逐渐摆脱神的奴役和控制，随之而来的是人们开始被欲望所奴役并且如洪水般泛滥开来，而这股腐败潮流随着西学东渐正在慢慢吞噬着国人的价值观念，这是对于"五四"人以进化论、标榜西学、断裂中国传统文化、科学至上而情感殆阙如的中国文艺复兴的矫正，同时也是对于战后欧洲社会现代性的深沉反思。

关于梁启超借鉴欧洲文艺复兴学者多以"复古求解放"为研究视点展开讨论，具体来讲从人的觉醒、科学方法、科学精神以及实用主义等视角出发进而确立清代学术是为"中国的文艺复兴"，但是对于梁启超借镜欧洲文艺复兴中关于情感的学术研究则寥寥无几。

---

① P.O. 克里斯特勒. 意大利文艺复兴时期的人文主义学术 [J]. 新美术, 2006 (06)：5-6.

② 赵利民. 中国近代文学观念研究 [M]. 济南：山东文艺出版社, 1999：149.

游欧期间，梁启超于 1919 年 6 月 9 日"曾与梁仲策一长书，报告几个月来的状况"，对此讲道："吾在此发愤当学生，现所受讲义……近代文学潮流……其讲义皆精绝，将来可各成一书也"①；紧接着于 1919 年 6 月 7 日"抵伦敦后，于十六日曾给梁令娴一书，详告十日来游英情形和以后的游历计划"，其中讲道："二十三日赴英国文学会欢迎会，有演说，演题为'中国之文艺复兴'。"② 由此可以看出，欧游期间梁启超对于近代文学思潮的掌握更为熟识和深入，尤其是关于文艺复兴的阐发与借鉴。

梁启超借鉴欧洲文艺复兴关于"情感"的鲜明表达，这是就清学正统派仅限于以"复古求解放"的超越，因为清学以考证学为主要学术旨归，讲究实事求是、"层层逼拶"、亲躬，而文学情感恰恰是清代学术的弊端，正如梁启超所言："前清一代学风，与欧洲文艺复兴时代相类甚多。其最相异一点，则美术文学不发达也"③，而"'文艺复兴'者，一言以蔽之，曰返于希腊"④。因此在梁启超看来以情感为显著特点的希腊的文学美术最是中国学术应该予以"采补"的，然而更为重要的是，在"采补"的同时挖掘中国传统文化中弥足珍贵的情感元素进行"淬厉"，其中最为鲜明的表达是对戴震情感学说的解读。

（一）对于锡德尼诗学理念的借鉴与启发——《为诗辩护》解读

那么，标志着"希腊思想复活"的"新文学新美术"具体指涉的体裁是什么呢？文学情感到底应该怎样"采补"呢？我们这里择取

① 丁文江，赵丰田．梁启超年谱长编［M］．上海：上海人民出版社，2009：566-568.
② 丁文江，赵丰田．梁启超年谱长编［M］．上海：上海人民出版社，2009：569.
③ 梁启超．清代学术概论［M］．朱维铮，校订．北京：中华书局，2011：154.
④ 梁启超．清代学术概论［M］．朱维铮，校订．北京：中华书局，2011：154.

"新文学"为例。我们知道希腊文化的创立者荷马、赫西俄德是以诗人的姿态定位的,那么承续到"文艺复兴时代的人文主义者所刻意追求的就是如何捍卫诗的地位……"① 而评判"真正的诗人"的标准同样适用于"画家之间"。② 鉴于此,我们择取文艺复兴时期诗人的杰出代表,即文艺复兴时期"新学花朵"锡德尼作为个案,以此探究梁启超对于其诗学理念的借鉴与启发。

关于梁启超对于锡德尼诗学理念的借鉴与启发,目前学术界还没有相关的研究成果,因此,首先我们需要揭晓答案,二十世纪二十年代梁启超是否亲自触碰到了锡德尼的诗学理念?我们知道早在梁启超欧游之前文艺复兴时期的人文主义思潮就已经来到了中国,其中周作人的《欧洲文学史》于1918年10月就已出版,在这本专著里,其中第三卷第七章"文艺复兴期条顿民族之文学"中列出独立两小节,即"菲利普·西德尼像"和"西德尼墓",周作人称赞其为"英国文学史上最早的诗人之一,创作了百余首十四行诗";其诗"情意真挚""纯仿希腊著作",③ 那么,紧跟时代步伐尤其是此时已经致力于弃政从文的梁启超,对于中国大地的这股人文主义思潮及其代表作品自然不容错过。紧接着,与其一起周游欧洲的蒋百里著《欧洲文艺复兴史》,梁启超为其作序,前提必然是通读此部专著,蒋百里在这部《欧洲文艺复兴史》的第六章"北欧之文艺复兴 弗兰特日耳曼 英吉利"中同样设有"西德尼像"一节,即"开英国新文艺之先声,人乃以之比于伊大利人文派

---

① 周春生. 对文艺复兴时期人文主义诗性智慧的历史透视 [J]. 史学理论研究,2010 (04):102.

② 锡德尼. 为诗辩护 [M]. 钱学熙,译. 上海:人民文学出版社,1964:13.

③ 周作人. 欧洲文学史 [M]. 北京:东方出版社,2007:193.

先祖彼脱拉者……""西特尼则自骑士出身，故于文艺复兴之享乐优美精神中，能加以热烈之情感及义侠之气概，其杰作有 Arcadia（今译作《阿卡迪亚》），则鼓吹其道德上之情操者也"①。因此，梁启超对于锡德尼诗学理念的触碰并与之借鉴是可以肯定的。

那么接下来我们将择取锡德尼的代表作《为诗辩护》予以解读，以期追寻其对二十世纪二十年代梁启超诗学建构借鉴与启发的具体表达。

第一，诗学教育路径。《为诗辩护》开篇就肯定诗人的地位与价值，锡德尼讲道："让博学的希腊在其多种多样的科学中拿出一本书在穆赛俄斯，荷马，赫西俄德之前的书来吧，而这三人都不是什么别的人物而是诗人。"② 由此可以看出以锡德尼为代表的文艺复兴时期人文主义者的以人为本，首先是追寻古希腊诗学教育的路径，即诗学的"目的在于教育和悦情悦性"，最终旨归是达到修炼德行的目的，其中"怡情是为了感动人们去实践他们本来会逃避的善行，教育则是为了使人们了解那个感动他们，使他们向往的善行——这是任何学问所向往的最高尚的目的……"③ 而"由于德行是一切人间学问的目的所在的终点，所以诗，由于它在传授的德行方面是最通俗的，在吸引人向往德行方面是无与伦比的，确是最卓越的工作中的最卓越的工人。"④ 锡德尼接着讲道："在意大利语言中首先使意大利语言上升为学术宝库的是诗人但

---

① 蒋百里．欧洲文艺复兴史［M］．北京：东方出版社，2007：168.
② 锡德尼．为诗辩护［M］．钱学熙，译．上海：人民文学出版社，1964：2-3.
③ 锡德尼．为诗辩护［M］．钱学熙，译．上海：人民文学出版社，1964：11-14.
④ 锡德尼．为诗辩护［M］．钱学熙，译．上海：人民文学出版社，1964：34.

丁、薄伽丘和彼特拉克。"①

　　我们依据上述论点反观梁启超的诗学思想，二十世纪二十年代梁启超在《〈晚清两大家诗钞〉题辞》一文中以中国古典诗人的两位代表，即金亚匏先生和黄公度先生，认为他们是"中国文学革命的先驱"和"中国有诗以来一种大解放"；此外关于"文学是人生最高尚的嗜好"，以及对于国民的这种文学嗜好讲道："但是若没有人往高尚的一路提倡，他却会萎靡堕落，变成社会上一种毒害"等论点无不彰显与其相通的诗学教育理念。②

　　第二，真诗的定义。锡德尼的"诗"实为泛指文学，例如，"诗行只是诗的装饰而非诗的成因"，又如"我在这戏剧问题上费了太多的话了。我这样做，因为它是诗的重要部分"，此外还包括"抒情的歌曲和短诗"，再如，关于真正的诗人讲道："使人成为诗人的并不是押韵和写诗行，""只有那种怡悦性情的，有教育意义的美德、罪恶或其他等等的卓越形象的虚构，这才是认识诗人的真正标志。"③

　　那么，这与梁启超关于诗的定义又一次达到契合，梁启超的诗学同样指涉广义的文学，"我们古今所有的诗""和欧人的诗没什么差别"，"只因分科发达的结果"，"把诗的范围弄窄了"，"如今我们提倡诗学，第一是要把'诗'字广义的观念恢复转来……"关于什么是真诗，"只是独往独来，将自己的性情，和所感触的对象，用极淋漓极微眇的笔力写将出来，这才算是诗"④。

---

① 锡德尼．为诗辩护［M］．钱学熙，译．上海：人民文学出版社，1964：3-4.
② 梁启超文存［M］．刘东，翟奎凤，选编．南京：江苏人民出版社，2012：135.
③ 锡德尼．为诗辩护［M］．钱学熙，译．上海：人民文学出版社，1964：14，66.
④ 梁启超文存［M］．刘东，翟奎凤，选编．南京：江苏人民出版社，2012：137.

第三，"模仿"与"创作"。关于诗歌的模仿与创造，锡德尼讲道："诗，因此是个模仿的艺术"，"诗所隶属的那种模仿是一切模仿中最为符合自然的"，但是真正的诗人"是真正为了教育和怡情而从事于模仿的；而模仿却不是搬借过去现在或将来实际存在的东西，而是在渊博见识的控制之下进入那神明的思考，思考那可然的和当然的事物。""因为这些人的创作是为了模仿；模仿是既为了怡情，也为了教育。"① 可见锡德尼关于诗学的创造性与模仿之关系是辩证和谐的，关于创造性是以现实为根基以及诗学的创造性特点的阐释，锡德尼是在与历史家的"真实"和哲学家的"教诲"进行比照的视域下予以呈现的：

首先，感动读者。锡德尼讲道："虚构是可以唱出激情的最高音的。"锡德尼以诗人的感动特质与哲学家更多彰显教诲进行比较，指出教诲"究竟会产生什么好处能及得上感动人去实行它所教的一切呢？因为犹如亚里士多德所说的，所得的结果必须不是知识而是行为；而行为的不会产生除非先感动的要去实行……""但是使人家被感动得去实行我们所知道的，或者被感动得愿意去知道，这才真是工作，真是工夫"，从而得出"感动的高出教诲"的结论。②

其次，赞美德行。锡德尼讲道："因为事实上，诗才总是用德行的全部光彩来打扮德行，使命运做她的好侍婢，以使人们必然地爱上她，"而"历史家的著作，由于它被一个愚蠢世界的真实所束缚住了，

---

① 锡德尼. 为诗辩护［M］. 钱学熙，译. 上海：人民文学出版社，1964：11，13，31.
② 锡德尼. 为诗辩护［M］. 钱学熙，译. 上海：人民文学出版社，1964：26，29-30.

却常常成为善行的鉴戒和放肆的邪恶的鼓励"①。

　　锡德尼针对那些诗人的挑剔者，把诗从整体上具体分为各个种类，进而一一予以辩护，最后得出结论无论是田园诗、伤感诗、讽刺诗、嘲讽诗、喜剧、悲剧以及抒情诗各部分"也是完全值得赞扬的"，"因为诗是一切人类学问中的最古老、最原始的；因为从它，别的学问曾经获得他们的开端；因为它是如此普遍，以致没有一个有学问的民族鄙弃它，也没有一个野蛮民族没有它；……因为它的效果是如此良好，以致它能教人为善，而又怡悦从它学习的人……"②。

　　锡德尼通过诗人（创作性）与历史家（真实）和哲学家的"教诲"的比较，"我因此断定，它胜过历史，不但在提供知识方面而且在促使心灵向往值得称为善良、值得认为善良的东西方面；这种促使人去行善，感动人去行善的作用，实在就使桂冠戴在诗人头上……"

　　关于锡德尼模仿与创造的诗学观念，在梁启超这里呈现为"天然之美与社会实相两方面着力"的诗学主张以及具体贯彻到诗学批评的个案之中，③ 例如，依据中国古典诗歌的两大范式对于杜甫诗歌关于"纯是玩赏天然之美"与"纯写家庭实况""调和"诗学理念的阐释。④

　　第四，诗学的陶养。关于诗歌的陶养魅力，锡德尼讲道："他用这种言语来接近你，这种语言是安排在令人喜悦的匀称里，有时还配上了或者随从着使人陶醉的音乐技巧；有时还配上了一个故事；真的，他有时带着这样一个故事来接近你，以致会迷住小孩使之放弃游戏，吸住老

---

① 锡德尼. 为诗辩护［M］. 钱学熙，译. 上海：人民文学出版社，1964：27.
② 锡德尼. 为诗辩护［M］. 钱学熙，译. 上海：人民文学出版社，1964：41.
③ 梁启超文存［M］. 刘东，翟奎凤，选编. 南京：江苏人民出版社，2012：143.
④ 梁启超文存［M］. 刘东，翟奎凤，选编. 南京：江苏人民出版社，2012：263.

人，使之离开那靠近烟囱的角落；而且，就凭这样来诱导心灵离开邪恶、达到德行，甚至像小孩被哄得吃有益健康的东西，考了把它们藏在别的东西里面来使之有好味道……"①"诗作是适合最柔弱的脾胃的食物，诗人是真正的群众哲学家。"对此，梁启超讲道："至于社会一般人，虽不必个个都作诗，但诗的趣味，最要陶养。如此，然后在这实社会上生活，不至于干燥无味，也不至专为下等娱乐所夺，致品格流于卑下。"②

第五，关于诗的外部，文字（措辞）和韵律。首先，关于文字的使用，锡德尼指出英国诗学在文字（措辞）使用上的具体现状，诸如"冷僻的字""滥用头韵"以及使用"十分陈旧的修辞方式和语言花朵"。针对上述情况，锡德尼提倡语言应该"简单明了""跟着他自己的音乐跳舞""注意说得巧妙甚于说得真实的"，"凭实践发现的最合乎自然的办法——虽然他自己不知道这一点就做得合乎艺术技巧，虽然并不依靠艺术技巧；而另一个却用艺术技巧来卖弄艺术技巧而不是隐藏艺术技巧……就远离了自然而其实也就滥用了艺术技巧"；"至于美妙地、正确地说出心上的思想，而这是语言的目的，这是我们的语言和世上任何其他语言所共有的长处"③。

那么，关于文字的使用，梁启超主张采用"绝对自由主义"，同样主张排斥"艰辟古字，填砌陈腐古典，以及古文家缛笔肤语"，提出"朴实说理，恳切写情"，"何况文字不过一种工具，他最要紧的作用，

---

①　锡德尼. 为诗辩护［M］. 钱学熙，译. 上海：人民文学出版社，1964：31.
②　梁启超文存［M］. 刘东，翟奎凤，选编. 南京：江苏人民出版社，2012：143.
③　锡德尼. 为诗辩护［M］. 钱学熙，译. 上海：人民文学出版社，1964：67-70.

第一，是要把自己的思想和感情完全传达出来。第二，是要令对面的人读下去能确实了解"。①

其次，关于诗的用韵问题，即音节的运用。关于"寻诗觅韵"，锡德尼认为"构成诗的并不是押韵和排成诗行。但是假定这是不可分的……那么这个假定本身实在就是一个与诗分不开的称赞。因为如果语言是仅次于理智的最伟大的赋予凡人的才能，修饰语言的才能，也是不能不称赞的……"② 关于"韵律"问题，锡德尼讲到，无论是古代的"注意每一个音节的音量"，还是现代的"注意节奏，也照顾到重音"，他们的"主要的生命在于我们称为韵的那种字的相同发音"。锡德尼认为诗"是唯一的适合音乐的语言而得到的真正称赞……"并且进一步认为"古式无疑是更适合音乐的，字和调都遵守的量；它凭那衡量得很好的音节声音的抑扬，更适合于生动地表达各种热情"，并且讲到关于自己的母语英文的"韵律"，指出"虽然我们不注意音量，但我们极精确地注意重音，这是别的语言或者办不到，或者不会做得如此彻底的"，由此我们可以看出，锡德尼是提倡诗应该具备韵律的。③

针对此种观点，我们同样能找到梁启超的相关论点，梁启超讲道："古代的好诗，没有一首不能唱的……今日我们作诗，虽不必说一定要能够入乐，但最少也要抑扬抗坠，上口琅然"；"近来欧人，倡一种'无韵诗'……我笨得很，却始终不能领会出他的好处。但我总以为音

---

① 梁启超文存［M］．刘东，翟奎凤，选编．南京：江苏人民出版社，2012：141-142.

② 锡德尼．为诗辩护［M］．钱学熙，译．上海：人民文学出版社，1964：42-43.

③ 锡德尼．为诗辩护［M］．钱学熙，译．上海：人民文学出版社，1964：43，71-72.

节是诗的第一要素。诗之所以能增人美感，全赖乎此"；"但韵却不能没有，没有只好不算诗"。①

这里我们更多侧重追寻梁启超关于锡德尼诗学的借鉴与启发层面，然而梁启超的诗学理念表达有着更为鲜明的文化自觉意识，相比较而言，锡德尼的《为诗辩护》更多呈现的是以古希腊、罗马的诗学传统为尊，对于自己的国家——英国的诗学发展之路并没有提出过多的建设性意见，而梁启超在"借镜"西学的基础上以中国传统文学为源泉，以期彰显审美现代性的文学价值；根据本国文学的具体语境提出诸多可供实际考量的参考意见，诸如针对文白之争的极端化，提倡"调和"的诗学理念等。

（二）对于中国传统情感的"淬厉"

梁启超在对文艺复兴时期人文主义思潮之情感主义的启发下，最终将目光转向中国传统文化中去寻根溯源，以期找到与欧洲文艺复兴"本质绝相类"的情感主义元素，从而彰显自身关于情感的诸多思考。

1. 情感主义——"与欧洲文艺复兴时代之思潮之本质绝相类"

梁启超游历欧洲对于人文主义思潮的接触和理解较之国内时期更加深刻，梁启超接受与借鉴文艺复兴时期的人文主义思潮，由此认为"清代思潮""其动机及其内容，皆与欧洲之'文艺复兴'绝相类"②，并且进一步指出清代学术与文艺复兴人文主义思潮（反对中世纪神学的禁欲主义和复古于古希腊、罗马文化）"绝相类"的主要表征：一是

---

① 梁启超文存［M］.刘东，翟奎凤，选编.南京：江苏人民出版社，2012：137-142.

② 梁启超.清代学术概论［M］.朱维铮，校订.北京：中华书局，2011：5.

"对于宋明理学之一大反动"；二是"以'复古'为其职志者也"。① 从表层来看，清学确实是做到了"与欧洲文艺复兴时代相类甚多"，但是，梁启超认为欧洲近代之"文艺复兴"，即"希腊思想复活"，其最具代表性的特征是"希腊的情感主义"，而这恰恰是清学与"文艺复兴之运动"的"最相异一点"，梁启超对于清代学术缺少情感主义元素深表遗憾。那么，关于"情感主义"学术元素，或者说清学与文艺复兴就仅仅限于表层的"绝相类"吗？答案当然是否定的，梁启超认为戴震的《孟子字义疏证》"盖轶出考证学范围之外，欲建设一'戴氏哲学'矣"②，"综其内容，不外欲以'情感哲学'代'理性哲学'"，由此梁启超终于找到了"与欧洲文艺复兴时代之思潮之本质绝相类"的最好例证。③ 梁启超借鉴欧洲文艺复兴关于情感的鲜明表达，这是就清学正统派仅限于"复古求解放"的超越，因为清学以考证学为主要学术旨归，讲求"求真"④、"层层逼拶"⑤、亲躬，而关于情感的表达恰恰是清代学术的不足之处，正如梁启超在论及戴震《孟子字义疏证》时所说的："然而论清学正统派之运动，遂不得不将此书除外。"⑥

2. 戴震情感学说的解读

梁启超在二十世纪二十年代撰写了关于戴震学术思想的一系列文章，诸如二十世纪二十年代撰写的《清代学术概论》之《戴震和他的

---

① 梁启超．清代学术概论［M］．朱维铮，校订．北京：中华书局，2011：5.
② 梁启超．清代学术概论［M］．朱维铮，校订．北京：中华书局，2011：56.
③ 梁启超．清代学术概论［M］．朱维铮，校订．北京：中华书局，2011：60.
④ 梁启超．清代学术概论［M］．朱维铮，校订．北京：中华书局，2011：6.
⑤ 梁启超．清代学术概论［M］．朱维铮，校订．北京：中华书局，2011：52.
⑥ 梁启超．清代学术概论［M］．朱维铮，校订．北京：中华书局，2011：61.

科学精神》和《戴学后门》两章，1923 年撰写的《戴东原生日二百年纪念会缘起》，1924 年撰写的《戴东原哲学》《戴东原著述纂校书目考》和《戴东原先生传》。

梁启超探讨关于戴东原学说的文章内容主要集中以下两点：一是戴学作为考证学研究所秉承的"去蔽""求是"的原则；二是对于情感哲学的关注。而在这两点的撰写中，梁启超颇为凸显对其情感说的关注，而关于戴震情感学说的解读集中呈现在《戴东原哲学》一文。

首先，"理在事情"——"理也者，情之不爽失者也"。梁启超在《戴东原哲学》一文中是以旁白的口吻，第三人称的身份，通过戴东原对于宋儒学说的批判，逐层递进，来证明自己的观点。文中戴东原以孔、孟学说为基础，认为宋儒的"理"只不过是个人主义的"意见"之"理"，对于掺杂了佛、老之学，主张"无欲"人生观的宋儒学说是持批判态度的，而对于戴学的"理在事情""同情同欲""理者，存乎欲者也"的学术主张是予以肯定的。①

梁启超通过对戴东原哲学反驳宋儒学说指出东原哲学相较于"宋儒学派"脱离"事"的主观"意见"之"理"，认为东原哲学是真正的"理"之学，即"理在事情"，理与事是统一的；何为"理"，即"客观的万人同认"且"事理"植根于"情"与"欲"的土壤。② 这里体现了梁启超"理想与实用一致"、物质与精神"均安主义"，是调和理念的承续。

---

① 梁启超．饮冰室文集点校［M］．吴松，等点校．昆明：云南教育出版社，2001：3146.

② 梁启超．饮冰室文集点校［M］．吴松，等点校．昆明：云南教育出版社，2001：3146.

　　其次，情欲主义。梁启超在《戴东原哲学》一文中专列一章讲述其"情欲主义"，目的何在？前面我们已经提到人之"情感"有"善、恶"之分，因此才会彰显（文学）情感教育的价值，因为同样富含情感因素的"欲"在戴震看来其属性是"中性"的，并无好坏之分，因而要把握好"欲"的"制限"①。梁启超接着指出中国传统儒教恰恰是建立在有"欲"的人生观的价值追求上，梁启超讲道："儒教以人生为立脚点，所以一切理义都建设在体人情，遂人欲上头。"② 肯定"情欲主义"人生观，认为"理"与"情欲"并无冲突而言，即"理者，存乎欲者也"③，从而凸显"情欲"的重要性，这是梁启超以儒家人生哲学为基础建构主情、主意合理人生观的显现。而宋儒之学掺杂佛、老，大谈"无欲"，这也是戴震反驳它的主要原因，针对宋儒的"以释混儒"和"舍欲言理"④，梁启超认为这是由于宋儒"以建设一种'儒表佛里'的新哲学"所致。首先，梁启超肯定其"在历史上有极大之价值"，但是其根本缺点就是混淆视听，牵强附会，无根据的移植，其结果"既诬孔，且诬佛，而并以自诬也"⑤，因此已然背离传统儒学的宋儒（程朱理学）"便闹成四不像了"⑥，针对宋儒这种无欲观，梁启超概括戴东原对其的批评主张，认为终将会生出三种毛病，即"令好人难做""养成苛刻残忍的风俗"以及"迫着人作伪"⑦。

---

① 梁启超文存［M］．刘东，翟奎凤，选编．南京：江苏人民出版社，2012：453．
② 梁启超文存［M］．刘东，翟奎凤，选编．南京：江苏人民出版社，2012：453．
③ 梁启超文存［M］．刘东，翟奎凤，选编．南京：江苏人民出版社，2012：453．
④ 梁启超．清代学术概论［M］．朱维铮，校订．北京：中华书局，2011：57．
⑤ 梁启超．清代学术概论［M］．朱维铮，校订．北京：中华书局，2011：12．
⑥ 梁启超文存［M］．刘东，翟奎凤，选编．南京：江苏人民出版社，2012：453．
⑦ 梁启超文存［M］．刘东，翟奎凤，选编．南京：江苏人民出版社，2012：454．

梁启超借助戴震对情感哲学的解读，从而彰显出自身关于情感的诸多文化表达，这是梁启超以中国传统文化为基础进行淬厉与采补的"新文化"观，尤其是努力挖掘中国的抒情传统，发挥情感文化的力量；是以文艺复兴为鉴避免清学中独重科学理性精神的畸形发展，同时也是对于《新青年》主创们继续标榜科学至上的新文化道路的矫正。

梁启超关于情感的表达，诸如"嗜好""趣味"以及"内发的情感和外受的环境交媾发生出来"来彰显情感与客观现实的调和，试想如果梁启超的情感仅仅凭借主观的感受而漠视现实存在，那么其文学情感教育思想中主要依托情感诗学终始"社会一般人，虽不必各个都作诗，但诗的趣味，最要陶养。如此，然后在这实社会上生活，不至于干燥无味，也不至专为下等娱乐所夺，致品格流于卑下"将如何实现呢？① 再者梁启超择取的中国古典诗歌三大批评家——杜甫、陶渊明和屈原均是源于现实生活基础上淋漓尽致地发挥他们丰富情感的典型代表，由此可知，情感一定是源于现实生活的，我们定义情感文学特性的前提是基于现实生活的真实反映的基础上的。虽然梁启超曾经讲过"情感是不受进化法则支配的"，但这只是针对科学万能的具体语境而言，梁启超自始至终也没有否认科学的价值，强调启用西方科学方法为我所用即为很好的证明。

3. 情感的迫切呼唤

梁启超以文艺复兴为鉴，认为清学与文艺复兴最相异的一点就是情感文化的殆阙如，再加上欧游归来，梁启超深深感悟中国学校教育面临"精神饥荒"的实际情况，因此，二十世纪二十年代梁启超学术路径之

---

① 梁启超文存［M］. 刘东，翟奎凤，选编. 南京：江苏人民出版社，2012：143.

"高尚美满的人生观"和"精神生活确定"① 主要表现为对于情感的迫切呼唤，对于情感教育的呼唤，具体路径是梁启超努力挖掘中国传统文化中的抒情传统，其中关于戴震情感哲学的阐发就是极好的例证。

梁启超二十世纪二十年代关于情感的讨论最早是在《清代学术概论》中，梁启超借以蒋百里的论点，指出中国"今后之新机运"应该借鉴欧洲文艺复兴的成功范例，"从两途开拓"，一是"情感的方面"，一是"理性的方面"，并且强调情感与理性健康和谐地发展。②

接着，梁启超在《人生观与科学——对于张、丁论战的批评》一文中首次从心界和物界两方面来给人生和人生观下定义，从文中我们可以看出关于"心界"指的是"超科学的""自由意志"的、"情感"的；物界更多指的是社会属性，在此基础上，梁启超强调"心界""物界""调和"后才叫"人生"，即"自由意志是要与理智相辅的"，这样的"人生观最少也要主观和客观结合才能成立"，由此可见，梁启超的人生观彰显"调和"的理念，即"科学方法"与"超科学的"、"理智"与"情感"、"心界"与"物界"和"责任心"与"趣味"的"调和"。但是梁启超说人类生活的全部内容不可能仅仅包含理智，除此之外还有更为重要的情感层面，这是人类生活的源泉，其中爱和美是情感不可缺少的两大元素③，因此在梁启超看来，关于人类情感生活的事物是不属于理智层面管辖的。

此外关于情感的阐发，诸如："天下最神圣的莫过于情感"④，人类

---

① 梁启超文存［M］．刘东，翟奎凤，选编．南京：江苏人民出版社，2012：386.
② 梁启超．清代学术概论［M］．朱维铮，校订．北京：中华书局，2011：84.
③ 梁启超文存［M］．刘东，翟奎凤，选编．南京：江苏人民出版社，2012：399.
④ 梁启超文存［M］．刘东，翟奎凤，选编．南京：江苏人民出版社，2012：203.

社会的进化主要就是依靠这一情感而发生的，"只有情感能变易情感"，而理性很难转化成情感。① 关于德行学部分，也就是人生哲学的内容，梁启超把人生哲学作为中国"国学"的一部分，"盖欧人讲学，始终未以人生为出发点"，而"儒家是纯以人生为出发点"的，并且这个"以人生为出发点"是"主情、主意"的，当然"主情、主意"并不是不要"智"，梁启超认为"人生方面，也只有智、情、意三者"，只是认为"主情、主意"更加"贴近人生"②。

二、以人文本

梁启超对于人的觉醒与体悟衔续自文艺复兴至二十世纪初整个人文主义思潮的脉流，即伴随着"人文主义概念经历了从表示某段历史时期新兴思想的个别意义向表示以人为本来思考一切问题的思维方式，并相信人自己能力和作为能够达到美善社会生活的普遍意义发展的演变过程"③。梁启超对于文艺复兴以人为本的接受同样历经了个人主义观念的觉醒、人格主义的建构以及对于十九世纪末二十世纪初具体人文主义思想家哲学思想的接受与糅合。

文艺复兴时期最为显著的特征是对于'人'的发现，正如梁启超在为蒋百里《欧洲文艺复兴史》所作的序言中讲道："而人乃以为欧人于文艺复兴后始发现之。"人类社会进入十七世纪的启蒙时代，理性主义原则成为主导的文化潮流，尤其是欧战之后，人文主义文化思潮是作

---

① 梁启超文存［M］．刘东，翟奎凤，选编．南京：江苏人民出版社，2012：240．
② 梁启超文存［M］．刘东，翟奎凤，选编．南京：江苏人民出版社，2012：373．
③ 刘友古．论人文主义概念形成及其意义［J］．兰州学刊，2005（06）：59．

为与启蒙现代性理性至上、科学万能、平等、自由、功利主义、进化论以及乐观主义的反思与批判的角色呈现的，它"更多的关注人的生存状态及人的精神世界的研究"①，"人"进入深层理性思考的层面。

梁启超对于文艺复兴以人为本的借鉴主要表现在文化层面上，早在《新民说》时期提倡国民应享有人人受教育的"民德、民智、民力"的教育观以及对于"私德"教育的推重，彰显个人主义观念的觉醒；历经欧洲之游的二十世纪二十年代，伴随反思战争而来的这股与"科学主义"相对立的人文主义思潮其来势更加汹涌与理性，梁启超在《欧游心影录》中多次提到现代性重要指标的"个人主义"这一语汇；此外以人为本还表现在通过文学艺术对于人的精神教育的关怀，这一教育路径正好体现了游欧归来梁启超的文学道路，梁启超将目光投向自己的传统文化中，努力挖掘中国传统文化中彰显人文意识的现代性资源，如情感诗教、人生哲学，以满足现代化国民的文化需求，梁启超这一文化路径正如钱中文先生所说的"主张现代性是在传统基础上建立起来的现代性，又是使传统获得不断发展、创新的现代性"②。

但是梁启超的个人主义以及二十世纪二十年代的人格建构，自始至终也没有走向西方个人主义绝对自由的一脉，而是彰显温柔敦厚的"调和"观，梁启超有选择地接受西方人文主义文化思潮同样可以纳入其反思现代性的研究视域。

---

① 赵利民. 中国近代文学观念研究［M］. 济南：山东文艺出版社，1999：149.
② 金雅. 中国现代美学与文论的发动［M］. 天津：天津人民出版社，2009：3.

三、希腊科学精神的吸取

二十世纪二十年代的梁启超对于文艺复兴人文主义思潮的借鉴还表现在对于古希腊科学精神的情有独钟。

（一）"宗教改革""原始基督教复活"植根于希腊科学精神

我们可以将梁启超在《清代学术概论》中借用蒋方震的话理解为：近代欧洲迎来的新光明，主要来自两大思潮。一个是对于希腊思想的重释，也就是文艺复兴，即以"新文学新美术"为主要内容的"情感的方面"；另一个指的是宗教改革，即提出建立"新佛教"的"理性的方面"。梁启超说中国今后的新发展，也应当以这两条道路为指导，具体来讲就是对于艺术情感的把握和理性方面的真正理解和运用。① 关于借鉴古希腊情感的学术元素，即"新文学新美术"在这里不予展开，我们主要探讨梁启超所指的"理性的方面"的学术实质内涵是什么？真的如他所说的借鉴"宗教改革"从而发明一种"新佛教"，还是透过"新佛教"有着更为深层的学术追求呢？

我们知道作为信仰的"新佛教"依据梁启超在二十世纪二十年代对于宗教性质的定位是属于情感范畴的，但是宗教绝对不是作为手段来使用的，如果是这样的话最终会毒害中国千千万万个家庭，更为重要是对于儿童的身心健康危害极大。因此，梁启超期望"新佛教"的出现是出于"中国人现在最大的病根，就是没有信仰"的担忧，认为"现在想给我们国民一种防腐剂，最要紧是确立信仰"。②

① 梁启超.清代学术概论［M］.朱维铮，校订.北京：中华书局，2011：151.
② 梁启超文存［M］.刘东，翟奎凤，选编.南京：江苏人民出版社，2012：246.

　　这里，梁启超所言的理性即科学，因为"所谓科学的思维方式就是理性思维，所以西方的科学传统就是理性主义传统"①，由此可知，梁启超所言的"宗教改革""原始基督教复活"最终指向希腊科学精神，理性与信仰挂钩，而信仰是属于情感的，即理性与情感是相统一的。梁启超正是看到了近代科学的产生是希腊科学精神与基督教文化长期交融的结果，进一步来讲梁启超把宗教与科学理性之所以联系在一起是鉴于希腊科学精神"理性沉思与热情相结合"的启发。② 这里的"热情"包含希腊科学理性精神所拥有的最初表征——宗教情感，例如，希腊数学在其最初阶段是与宗教情感完美融合在一起的。③ 那么，作为近代科学理性源头的希腊科学精神与人文色彩的紧密结合同样成为梁启超感悟文艺复兴人文主义思潮的学术路径之一。

　　因此对于梁启超"理性的方面，则新佛教也"这句话的解读，我们万不能断章取义，而是应该透过表象探究其本质内涵，这里"理性的方面"实际是指与宗教捆绑在一起的希腊科学精神的借鉴，"理性的方面，则新佛教也"是科学精神与信仰辩证和谐的表达，科学精神有了信仰（信仰"是目的，不是手段"④ ）的指引，其特征"是超越了知识的实用性功能，而对知识本身感兴趣，对知识的确定性问题如醉如痴"⑤，即为梁启超所讲的："为学问而学问，断不以学问供学问以外之手段。"⑥

---

① 吴国盛. 科学精神的起源［J］. 科学与社会，2011（01）：96.
② 张世英. 希腊精神与科学［J］. 南京大学学报，2007（02）：79.
③ 张世英. 希腊精神与科学［J］. 南京大学学报，2007（02）：79.
④ 梁启超文存［M］. 刘东，翟奎凤，选编. 南京：江苏人民出版社，2012：241.
⑤ 吴国盛. 科学精神的起源［J］. 科学与社会，2011（01）：96.
⑥ 梁启超. 清代学术概论［M］. 朱维铮，校订. 北京：中华书局，2011：159.

（二）有感于希腊科学精神因其有人生信仰的热诚追求

二十世纪二十年代席卷中国大地的那场轰轰烈烈的科玄大战实为探讨人生观（主情、主意的）与科学（理智）是否可以和谐共存的问题，梁启超针对这场以张、丁为首的科玄论战专门做了一篇题为《人生观与科学——对于张、丁论战的批评》的文章，其批评的源点依然是站在希腊科学精神与宗教情感和谐发展的视域下，梁启超认为人生观与科学二者之间的关系并不像丁与张各走极端的一面，认为"自由意志是要与理智相辅的"①。

梁启超有感于希腊科学精神因其有宗教情感的推动，即"对'至善'的热诚追求，推动着对有秩序的万物之沉思与理解"②，从而确立"先立定美满的人生观，然后应用之以处世"③ 的学问观，主情、主意的人生哲学将会给予学问一种"精神上的推动力"④，因此梁启超明确讲到自己的人生观，即责任心与趣味的人生观，"养成了这副美妙的仁的人生观，生趣盎然的向前进，无论研究什么学问，管许是兴致勃勃"⑤。当然，在梁启超看来这一对于学问观起着精神指引的人生信仰应该具有"爱"和"美"的本质属性，同时也是"恬静的"和"愉快的"，具体表现为"知其不可而为之"和"为而不有"的"调和"的"'无所为而为'主义"，其主要特征是抛弃"人类计较厉害""喜欢做便做""艺术的情感的""生活的艺术化"⑥，这与"超越任何功利的考

---

① 梁启超文存［M］. 刘东，翟奎凤，选编. 南京：江苏人民出版社，2012：402.
② 张世英. 希腊精神与科学［J］. 南京大学学报，20070（2）：81.
③ 梁启超文存［M］. 刘东，翟奎凤，选编. 南京：江苏人民出版社，2012：387.
④ 张世英. 希腊精神与科学［J］. 南京大学学报，2007（02）：80.
⑤ 梁启超文存［M］. 刘东，翟奎凤，选编. 南京：江苏人民出版社，2012：380.
⑥ 夷夏. 梁启超讲演集［M］. 石家庄：河北人民出版社，2004：39.

虑、为科学而科学、为知识而知识"的希腊科学精神不谋而合。①

（三）对于"真"的借鉴

"真"是希腊科学精神理性传统思维最为本质的追求，梁启超以希腊科学精神为典范，关于科学精神的定义他讲道："有系统之真智识，叫作科学，可以教人求得有系统之真智识的方法，叫作科学精神。"②梁启超把握住了希腊科学精神的核心内涵，即为"求真"③。我们知道梁启超关于西方科学精神的阐释主要涉及知育、情育、意育的三达德教育思想中知育的部分，即探讨西方科学方法怎样运用于我们"文献的学问"上，④ 也就是他在借鉴科学精神的基础上所强调的"求真智识""求有系统的真智识"以及"可以教人的智识"三个层面，⑤ 这里源于希腊科学精神的"保真推理"对其启发最大，⑥ 即他所说的"必然性"⑦。此外，梁启超希望借鉴科学精神"传于其人"的优点，那么通过"教学相长，递相传授，文化内容，自然一日一日的扩大"⑧。

梁启超以希腊科学精神的"真"为核心，进而认为中国学术界正因为缺少这三种精神，因而表现出"笼统""武断""虚伪""因袭"

---

① 吴国盛. 科学精神的起源 ［J］. 科学与社会，2011（01）：96.
② 梁启超文存 ［M］. 刘东，翟奎凤，选编. 南京：江苏人民出版社，2012：282.
③ 梁启超文存 ［M］. 刘东，翟奎凤，选编. 南京：江苏人民出版社，2012：373-374.
④ 梁启超文存 ［M］. 刘东，翟奎凤，选编. 南京：江苏人民出版社，2012：373.
⑤ 梁启超文存 ［M］. 刘东，翟奎凤，选编. 南京：江苏人民出版社，2012：282-285.
⑥ 吴国盛. 科学精神的起源 ［J］. 科学与社会，2011（01）：97.
⑦ 梁启超文存 ［M］. 刘东，翟奎凤，选编. 南京：江苏人民出版社，2012：283.
⑧ 梁启超文存 ［M］. 刘东，翟奎凤，选编. 南京：江苏人民出版社，2012：285.

以及"散失"诸多病症。① 因此，梁启超在强调中国传统文化是"我们替全人类积下一大份遗产"的、是"用我们极优美的文字记录下来"的、"藏有极可宝贵的史料"的前提下，主张借用西方的科学方法"将这学术界无尽藏的富源开发出来，不独对得起先人，而且可以替全世界人类恢复许多公共产业"②。同时，关于知识的研究方法切莫贪多，本着"求真""求博""求通"的理念做"窄而深"的研究。③

四、欧肯精神生活哲学思想的"采补"

鉴于目前学术界多有关注二十世纪二十年代梁启超对于柏格森生命哲学思想的借鉴，例如，王剑的《柏格森生命美学与梁启超文学思想的转变》、陈永标的《梁启超的学术思想和柏格森的生命哲学》、姚全兴的《梁启超与柏格森生命美学》等。然而关于梁启超对于欧肯精神生活哲学思想的借鉴的相关研究则是寥寥无几，因此我们着重考察二十世纪二十年代梁启超对于欧肯精神生活哲学思想的借鉴。

（一）欧肯、柏格森哲学思想的接受

二十世纪二十年代梁启超能够全面了解欧肯、柏格森的哲学思想，更多借助于张君劢、张东荪等人译介过来的英文译著与撰写的相关文章，因为梁启超英文并不好。"梁启超的英语学习经历也只是在夏威夷

---

① 梁启超文存［M］．刘东，翟奎凤，选编．南京：江苏人民出版社，2012：285-286.

② 梁启超文存［M］．刘东，翟奎凤，选编．南京：江苏人民出版社，2012：373-374.

③ 梁启超文存［M］．刘东，翟奎凤，选编．南京：江苏人民出版社，2012：373-374.

（1899 年 12 月 20 日—1900 年 7 月）跟随华侨何蕙珍学了半年，从英语原本译出是不可能的。马君武在其《哀希腊歌》序言中也证实了梁不会英语。'此诗共十六章，梁启超曾译其二章于新小说，梁启超非知英文者，赖其徒罗昌口述之。'"① 当然梁启超游欧期间还专门自学过英文，1919 年 6 月梁启超一行抵达伦敦，于 6 月 9 日与梁仲策写信讲述自己刚刚离开法国后居住期间的所见所闻，其中梁启超讲道："此行若通欧语，所获奚啻十倍，前此蹉跎，虽悔何裨，今惟汲汲作补牢耳计耳。故每日所有空隙，尽举以习英文，虽甚燥苦，然本师（丁在君）奖其进步甚速，故兴益不衰。"② 由此我们可知，游欧之后梁启超又一次学习过英文，但依上述之言仅凭自身力量通读或者更好地领悟欧肯、柏格森哲学思想的内涵想来是困难的，至少游欧之前（日本期间）梁启超阅读柏格森、欧肯的学说多是借途日文转译以及通过中文转述日本的相关文章来获知，这是可以肯定的。早在梁启超欧游之前，国内借途日本以《东方杂志》为阵地引介柏格森、欧肯的学说，如 1913 年 2 月，在《东方杂志》上第一次刊登了章锡琛翻译的相关文章，针对《新唯心论》给予了概括性的语言，即"柏格森、倭伊铿的生命哲学是新思潮的代表"③；又如 1913 年 7 月，钱智修的《现今两大哲学家学说概略》同样介绍了两位哲学思想家的学说，而此时身在日本的梁启超自然能够切身感受日本学界如火如荼地介绍柏格森、欧肯学说的文化大潮，无奈那时的梁启超政治救国大于文化救国；紧接着 1916 年章士钊的（署名

① 佟君. 华南日本研究（第 3 辑）[M]. 上海：华东理工大学出版社，2010：394.
② 丁文江，赵丰田. 梁启超年谱长编 [M]. 上海：上海人民出版社，2009：568.
③ 郑师渠. 欧战前后国人的现代性反省 [J]. 历史研究，2008（01）：25.

"民质")《倭伊铿人生学大意》以及 1917 年的（署名"行言"）《欧洲最近思潮与吾人之觉悟》极力向国人介绍柏格森、欧肯学说，这些学说自然成为梁启超欧游期间亲自拜访柏格森、欧肯的知识累积。

　　因此，游欧之后梁启超得以全面接触和领悟柏格森、欧肯精神生活哲学系统应该更多借助于中文译著及其相关文章，例如，张东荪的《创化论》虽然于 1922 年由商务印书馆正式出版，但其自 1917 年底就已经开始着手翻译《创化论》了，并且于"1918 年元旦起在《时事新报》上连载"，再加上 1919 年梁启超欧游期间拜访柏格森曾经当面告知张东荪的《创化论》即将翻译成稿，柏格森欣然答应为其作序即为最好的证明；又如，曾随梁启超一起欧游的张君劢，曾经分别师从柏格森、欧肯，因此张君劢自然成为两位哲人思想在中国最好的传播者，其间撰写了《倭伊铿精神生活哲学大概》和《法国哲学家柏格森谈话记》等文章，那么，作为梁启超亲密伙伴的上述学人其译著与相关文章自然会让其先睹为快的。

　　二十世纪二十年代梁启超发表的《欧游心影录》是国人开始真正关注、接受反省现代性思潮最为重要的表达著作。[①] 因此，梁启超是这场以欧肯、柏格森为代表的欧洲反省现代性思潮最为重要的文化传播者之一，虽然梁启超并没有关于欧肯、柏格森的译著和关于二人相关的专著问世，但是难能可贵的是，梁启超主要借助自己亲密伙伴的相关译著将其二人的精神生活、哲学思想融会贯通，并最终将其很好地糅合到中国传统文化之中，以期更好地发展中国的传统文化。自此，生命哲学在中国形成一股如火如荼的文化思潮，例如，张东荪的译著《创化论》

---

① 郑师渠. 欧战前后国人的现代性反省 [J]. 历史研究，2008（01）：27.

和《新创化论》，梁漱溟的《东西文化及其哲学》，李石岑的《倭伊铿精神生活论》和《柏格森哲学与实用主义之异点》，瞿世英译的《倭伊铿哲学》以及 1922 年《民铎》杂志专门开出的"柏格森"专号等。

（二）对于欧肯精神生活哲学思想的"采补"——以张君劢《倭伊铿精神生活哲学大概》为参照

关于张君劢翻译欧肯的专门译著目前还没有找到，但是张君劢与梁启超欧游期间曾经拜访过两位哲人，后来张君劢又先后师从两位哲人，可见张君劢是最能领悟欧肯、柏格森思想真谛的代表人物之一。张君劢关于倭伊铿哲学思想的研究主要呈现在《倭伊铿精神生活哲学大概》一文中，而其后所作的《人生观》一文是其接受与继承欧肯哲学思想精髓的最集中表达。张君劢在《倭伊铿精神生活哲学大概》一文中，首先对欧肯的著作依据年代进行书目介绍，接着在文章中选取倭伊铿的《生活意义及价值》《大思想家生活观》《新人生观根本义》《当代精神潮流》和《生活观根本义》等著作中的片段进行翻译，由此可以看出，张君劢对于欧肯的英译著作是全面通读过的，可谓信手拈来，并且非常清晰地掌握欧肯的思想内涵。因此我们以张君劢《倭伊铿精神生活哲学大概》一文作为参照来考察梁启超对于欧肯精神生活哲学思想的接受和启发。

1. 纯以人生为途，以精神生活为中心

张君劢首先以"实在者"和"生活也"即"生活哲学"和"思想哲学"，将哲学分为两大派别，① "实在者"以"思为唯一根据，故重

---

① 翁贺凯. 中国近代思想家文库：张君劢卷［M］. 北京：中国人民大学出版社，2014：48.

理性、重概念"①，"生活也"，即"以生活为出发点者，以为思想不过生活之一部分，欲求真理，舍自去生活而外无他法，故重本能、重直觉、重冲动、重行为。换言之，真理不在区区正名定义，而在实生活之中是矣"②。张君劢认为欧肯哲学思想是以精神生活为中心的，不同于以"自我生活，人也。世界生活，神也。就其显于人人者，是曰自我，就此宇宙之大本大源处言之，是曰神"③ 的其他西方哲学家，欧肯认为"人也，宇宙之真源也，二者同属于精神生活者也"④。相较于倭伊铿宇宙与人生最终归根于精神生活的哲学系统，梁启超以儒家人生哲学为文化根基，认为"儒家看得宇宙人生是不可分的。宇宙绝不是另外一件东西，乃是人生的活动。故宇宙的进化，全基于人类努力的创造"⑤。

　　张君劢讲到欧肯在遵从生活哲学的基础上进而确立先立高尚美满的人生观，然后应用之于处事的学问观，例如，张君劢汉译倭伊铿的英文译著："卒归宿于思想由生活状态而定之一原则"⑥，"非求生活之根据于思想中，乃求思想之根据于生活中"⑦。接着张君劢概括欧肯学说的思想

---

① 翁贺凯．中国近代思想家文库：张君劢卷［M］．北京：中国人民大学出版社，2014：49.

② 翁贺凯．中国近代思想家文库：张君劢卷［M］．北京：中国人民大学出版社，2014：49.

③ 翁贺凯．中国近代思想家文库：张君劢卷［M］．北京：中国人民大学出版社，2014：55.

④ 翁贺凯．中国近代思想家文库：张君劢卷［M］．北京：中国人民大学出版社，2014：55.

⑤ 梁启超文存［M］．刘东，翟奎凤，选编．南京：江苏人民出版社，2012：378.

⑥ 翁贺凯．中国近代思想家文库：张君劢卷［M］．北京：中国人民大学出版社，2014：49.

⑦ 翁贺凯．中国近代思想家文库：张君劢卷［M］．北京：中国人民大学出版社，2014：49.

内涵：人类生活涉及物质生活和精神生活两方面内容，其中精神生活是核心，人类的生活常常会被物质世界所诱惑，这时候需要精神生活予以抵制，还以健康向上的本真生活状态，这才是正确的人生观。张君劢概括欧肯"以精神生活为哲学系统之中心者"①，具体表现为反抗主智主义、自然主义，因为"二主义皆不足以尽世界一切实在而起者也"②。

第一，张君劢讲到欧肯公开反抗主智主义最盛的代表人物是黑格尔，认为其"以思为唯一途径之故，直接生活与夫灵魂内容，必归于毁灭，盖灵魂之深处，是为情感，是与思与论理的关系不相容者也，……唯此尊思之结果，非变人类为主智的文化之机械不可得"③。那么，我们可以反观梁启超曾就"欧洲哲学上的波澜"概括为"不过是主智主义与反主智主义两派之互相起伏。主智者主智；反主智者即主情、主意"④，因此主情、主意哲学思想的把握无不彰显其对于倭伊铿核心观点的接受。

依据欧肯之"精神之奋斗"起于"良心之痛苦，有动于中""必在有根据之生活"⑤，尊重直接生活之实践意义，主张"心、物二者，常相随而不可分"⑥，即"使君等持精神生活说者，不能将精神生活在历

---

① 翁贺凯．中国近代思想家文库：张君劢卷［M］．北京：中国人民大学出版社，2014：55．
② 翁贺凯．中国近代思想家文库：张君劢卷［M］．北京：中国人民大学出版社，2014：55．
③ 翁贺凯．中国近代思想家文库：张君劢卷［M］．北京：中国人民大学出版社，2014：55．
④ 梁启超文存［M］．刘东，翟奎凤，选编．南京：江苏人民出版社，2012：377．
⑤ 翁贺凯．中国近代思想家文库：张君劢卷［M］．北京：中国人民大学出版社，2014：56．
⑥ 翁贺凯．中国近代思想家文库：张君劢卷［M］．北京：中国人民大学出版社，2014：57．

史中所演进之意义，解释明白，则此说虽精微，恐尤为足以折服人心焉"①。但是"非曰人能外自然界而独存也，乃以为人居在自然界中，而同时能超出自然界外也"②。梁启超在《人生观与科学——对于张、丁论战的批评》中从心界和物界两方面的结合给"人生"进行定义，③包括梁启超关于心界与物界的调和、物质生活与精神生活的"调和"、自由意志与理智相辅相成、理智与情感的调和。此外，人类生活除了"科学方法"之外，还包括"超科学"的情感元素都表现出对于欧肯精神生活哲学的借鉴。④

第二，关于反抗自然主义。关于反抗自然主义则呈现在张君劢汉译倭伊铿的《新人生观根本义》片段中，欧肯认为自然主义将"心"与"物"分离的前提下以"分析""推求"为根本特征，是为机械的自然界，正如张君劢总结的"但知所谓物，不知所谓心，且其末流之敝，降为物质文明，故其不能满人生之要求明矣"⑤，由此可知，人类和精神生活将成为自然界的"附属"⑥；对此，梁启超关于自然主义的感触颇为深刻，例如，"及乎今日，科学昌明，赖以醉麻人生的宗教，完全失去了根据。人类本从下等动物蜕化而来，哪里有什么上帝创造？宇宙

---

① 翁贺凯. 中国近代思想家文库：张君劢卷 [M] . 北京：中国人民大学出版社，2014：54.
② 翁贺凯. 中国近代思想家文库：张君劢卷 [M] . 北京：中国人民大学出版社，2014：58.
③ 梁启超文存 [M] . 刘东，翟奎凤，选编. 南京：江苏人民出版社，2012：400.
④ 梁启超文存 [M] . 刘东，翟奎凤，选编. 南京：江苏人民出版社，2012：403.
⑤ 翁贺凯. 中国近代思想家文库：张君劢卷 [M] . 北京：中国人民大学出版社，2014：57.
⑥ 翁贺凯. 中国近代思想家文库：张君劢卷 [M] . 北京：中国人民大学出版社，2014：56.

一切现象，不过是物质和它的运动，还有什么灵魂？来世的天堂既不可凭，眼前的利害复日相肉搏。怀疑失望，都由之而起，真正是他们所谓的世纪末了"①。梁启超认为在这种科学昌明的自然主义世界观里，不单单是人类信仰的缺失，同样呈现在"文学的反射"②上，即"自然派当科学万能时代，纯然成为一种科学的文学"③，"不含分毫主观的感情作用"④，其具体表现为"欧洲现代的文学，完全是刺戟品，不过叫人稍醒麻木，但一切耳目口鼻所接，都足陷人于疲敝，刺戟一次，疲麻的程度又增加一次"，"虽精神或可暂时振起，但是这种精神，不是鸦片和吗啡带得来的，是预支将来的精神"，他们最喜欢做短小的小诗，创作的戏剧也多是独幕的，这一切都是因为他们的生活太过于忙乱造成的。⑤

2. 关于人的努力

张君劢解读了欧肯关于人的创造，人类摆脱自然人进而成为享有精神生活的人，"此人类之奋斗为之也"⑥。欧肯认为对于精神生活的追求"原为人之天性中所固有，但必以人力发而出之，而人类努力前进之方向，亦即在是"⑦。欧肯讲到人类在创造过程中需经历三阶段，这里取自张君劢汉译倭伊铿的《生活观根本义》段落，其中尤为重要的是人

---

① 梁启超文存［M］．刘东，翟奎凤，选编．南京：江苏人民出版社，2012：378.
② 梁启超文存［M］．刘东，翟奎凤，选编．南京：江苏人民出版社，2012：5.
③ 梁启超文存［M］．刘东，翟奎凤，选编．南京：江苏人民出版社，2012：6.
④ 梁启超文存［M］．刘东，翟奎凤，选编．南京：江苏人民出版社，2012：6.
⑤ 梁启超文存［M］．刘东，翟奎凤，选编．南京：江苏人民出版社，2012：385.
⑥ 翁贺凯．中国近代思想家文库：张君劢卷［M］．北京：中国人民大学出版社，2014：58.
⑦ 翁贺凯．中国近代思想家文库：张君劢卷［M］．北京：中国人民大学出版社，2014：59.

类在努力奋斗享有精神生活的"真善美之境"的途中①会出现"彷徨歧路，忽又疑世界国有所谓精神其物者"，对此梁启超所言："世界里光明尚远，在人类努力中，或偶有退步，不过是一现相。譬如登山，虽有时下，但以全部看，仍是向上走。"② 从中可以非常明显地看到他对于欧肯思想的借鉴。

此外，张君劢还关注欧肯的精神生活饥荒，如张君劢汉译的欧肯英文著作中说道貌岸然："世人弊精劳神于概念之搜求，反将生活抛荒。"③ 对此，欧游归来的梁启超对于中国教育的现状感触颇为深刻，认为中国教育恰好印证了欧肯学说的观念，即中国教育与"知识饥荒"相比，"精神饥荒"更为可怕；④ 再如，梁启超对于欧肯站在反省现代性大潮的视域下审视自然主义、主智主义、科学万能的启蒙现代性价值观的思考；最后，依据欧肯"祸福得失，在所不计，必穷之于所在而后止"的不问目的、不为得失的人生价值观，⑤ 以此再来看梁启超的"人生不能不活动，而有活动，却不必往结果处想，最要不可有奢望"以及"无所为而为"与"为而不有"的人生价值观，都与欧肯的哲学思想有异曲同工之处。

---

① 翁贺凯. 中国近代思想家文库：张君劢卷 ［M］. 北京：中国人民大学出版社，2014：59.
② 梁启超文存 ［M］. 刘东，翟奎凤，选编. 南京：江苏人民出版社，2012：387.
③ 翁贺凯. 中国近代思想家文库：张君劢卷 ［M］. 北京：中国人民大学出版社，2014：49.
④ 梁启超文存 ［M］. 刘东，翟奎凤，选编. 南京：江苏人民出版社，2012：385.
⑤ 翁贺凯. 中国近代思想家文库：张君劢卷 ［M］. 北京：中国人民大学出版社，2014：61.

我们说这股充满"诗性智慧"① 的人文主义思想的文化潮流主要表现在以下几方面。第一是发挥"古典"传统的教育价值；第二做到对于"理性"的深刻领悟；第三是对于人生意义的追问，包括对于人的健全人格的培养、个体独立以及对于情感宗教的追求。② 我们可以依此追寻梁启超"借镜"人文主义思潮的文化印迹，例如，梁启超合理人生观的建立；致力于复兴清代学术；对于中国古典诗歌情感诗教的推重；人格价值（个性主义观念）以及对于国民精神教育的深沉思考，其中以现代性视角阐释中国传统文学，尤其是对"抒情传统"的探究，一直以来作为重要的一脉生生不息，例如，1971 年陈世骧先生在《论中国抒情传统》一文中阐释了中国文学抒情传统并将其建构在现代语境下，而这一学术路径梁启超早在二十世纪二十年代就已捷足先登，或者我们可以说中国抒情传统能够在现代化语境中进行表达，即审美现代性文学观念的生成，梁启超是最早的尝试者与开拓者。

第二节 文学观念审美现代性的追求

我们把梁启超文学观念放在现代性语境中进行考察，即自小浸染的中国传统文学观念通过西学这一外部元素的冲击与融合之后，新的文学观念诞生。正如钱中文所言："五四前，我国文学观念的演变是在现代

---

① 周春生. 对文艺复兴时期人文主义诗性智慧的历史透视 [J]. 史学理论研究，2010 (04)：107.

② 刘友古. 论人文主义概念形成及其意义 [J]. 兰州学刊，2005 (06)：61.

性的策动下进行的……由于对现代性的不同接受和外国文艺思潮的多种影响，在不同代表人物那里，文学观念的现代化也表现得多种多样。"①

关于梁启超文学观念的审美现代性主要引发两个层面的思考：一是关于现代性的研究视点问题；二是二十世纪二十年代对于西学的接受问题。

从现代性的视角对中国文学观念进行考察。早在 1971 年，陈世骧先生在《中国抒情传统》一文中探究、追寻、考辨中国文学传统即为"抒情传统"，就是在现代语境的范畴中进行考察的；又如杨联芬的专著《晚清至五四：中国文学现代性的发生》是依据现代性的视角进行抒写的；②再如，陈国球、王德威在其编撰的《抒情之现代性——"抒情传统"论述与中国文学研究》中讲到只有在与西方文化相比照的基础上，中国传统文化才能生成现代性的意义；此外，温儒敏以批评史的视点认为"现代批评史的上限还可以提前十多年，即从本世纪初开始，理由就是当时已经出现了大批评家王国维……"③

现代性视域下考察文学观念的问题实为折射出对于以往中国文学以代际划分的反思与重新审视，力求打通近、现代的代际限囿。④ 例如最

① 钱中文．"五四"前我国文学观念的论争和现代化之首演［J］．陕西师范大学学报（哲学社会科学版），2004（04）：5.
② 杨联芬．晚清至五四：中国文学现代性的发生［M］．北京：北京大学出版社，2003：3-4.（杨联芬在这本专著里从现代性视角关照中国现代文学的发生，相关阐释如严家炎从文学现代化的角度考察鲁迅小说；钱理群、陈平原、黄子平在其专著《二十世纪中国文学三人谈》称之为"'最早提出'以'现代化'视角来研究中国现代文学的人"等观点。）
③ 温儒敏．中国现代文学批评史［M］．北京：北京大学出版社，1993：1.
④ 杨联芬．晚清至五四：中国文学现代性的发生［M］．北京：北京大学出版社，2003：6，12-14.

为标志性的反思即为王德威的"没有晚清，何来五四"的提出，王德威讲到应该重视晚清文学开端性的价值和意义，认为中国文学现代性的追求绝非开始于五四，而是在晚清时期就已经显现出来了；① 又如，以陈平原为代表的三位学者提出的"二十世纪中国文学"的设想②，由此晚清与五四一以贯之的承续性成为陈平原先生所关注的学术视域，他注重五四与晚清的相互依承关系，当论及五四文学的时候，不会漠视"晚清"对于五四的源头意义，与此同时，当阐释"晚清"文学时自然也会注重五四对其的承续与发展。③ 紧接着，1988 年陈思和、王晓明从《上海文论》第 4 期起开辟的"重写文学史"专栏中提出"重写文学史"的口号④；此后，陈思和、王晓明进一步从当代文学的视角对于文学代系划分提出反思，即"长期以来，中国当代文学的历史形成及发展历程一直被一些标志性的时间、事件和文本武断地分离，而这些时间、事件和文本主要是以厚重的政治蕴含而获得分离和命名历史的特权"⑤。而这一以政治事件划分中国文学代系的观念同样印证了近代文学和现代文学的划分，因而打破文学代系之间的限囿、符合学术期待，"文学史到了重新思考的时候"，即重新书写文学史即为此种学术期待

---

① 王德威. 想象中国的方法：历史·小说·叙事 ［M］. 北京：生活·读书·新知三联书店，1998：3-16.
② 党圣元. 审美现代性 ［M］. 陈定家，选编. 北京：中国社会科学出版社，2011：66.
③ 陈平原. 触摸历史与进入五四 ［M］. 北京：北京大学出版社，2010：3.
④ 陈思和，王晓明，王雪瑛，等. 论文摘编"重写文学史" ［J］. 中国现代文学研究丛刊，1989（04）：285.
⑤ 党圣元. 审美现代性 ［M］. 陈定家，选编. 北京：中国社会科学出版社，2011：67.

最好的解读①，其中著名学者王德威新作《现代中国新文学史》是为最好的诠释②，这部新文学史之"新"就在于"它很特别，由 150 篇小文章组成，每篇不超过 2000 字。每一位写作者从某个时间点开始写，每篇文章包含一个引题或是引语，然后才是题目"；以散文体书写文学史；"在于提出了另外一种看待中国现代文学史的方式。书中包括从 19世纪初开始的各类文学现象和事件，比如，晚清的东洋派、魏源的《海国图志》、太平天国的各种诏书，一直到科幻小说"；文体的选择容纳"流行歌词、领导人的演讲词、政府协议、狱中札记等"；择取的题材包括"传统题材""少数民族题材、环保题材""以金庸为代表的武侠小说""蔡明亮的电影《黑眼睛》、李安的电影改编亦有撰文"以及"同志题材的小说"；"以新的视角介绍解读了鲁迅、沈从文、张爱玲、莫言等著名作家及其作品"③，这一写作思路，陈平原在其专著《触摸历史与进入五四》就已启用，彰显"于文本中见历史，于细节处显精神"，具体表现在当研究一个文学个案，或者是阐释"五四新文化"的时候，其着眼点可能是"一场运动、一份杂志、一位校长、一册文章以及一本诗集等"④。

对于二十世纪二十年代的梁启超而言，其现代性文学观念生成的主要原因是对于西学的接受，即为本文第一章所阐述的：现代化在过度追

---

① 王德威："文学史到了重新思考的时候"［N］.文学报，2011-12-15（3）.

② 沈河西.现代中国新文学史：150 个时间点汇集成的一张星座图［EB/OL］.澎湃新闻，2017-02-11.

③ 沈河西.现代中国新文学史：150 个时间点汇集成的一张星座图［EB/OL］.澎湃新闻，2017-02-11.

④ 陈平原.触摸历史与进入五四［M］.北京：北京大学出版社，2010：5.

求社会功利价值的过程中，最终滋生出"工具理性"、颓废的消费观、粗劣的"实用主义"等价值理念①，梁启超在对其全方位感悟的基础上进而接受了人文主义思潮，彰显择基础上"彻底解放"的文化观。梁启超通过对于文艺复兴时期的文学情感、锡德尼诗学理念、人的觉醒、希腊科学精神以及欧肯精神生活哲学思想的接受，表现出梁启超对于这种已经变质了的启蒙现代性的深刻批判，从而彰显反省现代性的鲜明特点，这股反思与批判进而在文学上予以集中表现，因而梁启超最终将目光投向中国传统文学中去寻根溯源，以期发扬光大中国传统文学尤其是对于抒情传统的看重，从而使其发挥现代性的文学价值。

"从 19 世纪末到 20 世纪乃至以后，我们在选择'西方'时，为什么欧洲文艺复兴肇始的'经典'西方文化始终没有能够成为主流，而更多的人选择了'走俄国人的路'式的西方?"② 在这一以文学启蒙为主导的文化语境下，二十世纪二十年代梁启超文学观念的审美自觉有如一股暖流"调和"着中国大地文学启蒙的主导号角。此外梁启超从康德的审美非功利、席勒的美育观等审美观念中有选择地予以吸收，最终确立审美现代性的文学观念。

审美现代性是基于工具理性现代性以追求"古今之争"以及"告别传统与宗教、走向个体主义、理性化和科学化社会"所造成的"道德视野的褪色、工具理性的猖獗、人之自由的丧失"文化路径的反思

---

① 党圣元.审美现代性［M］.陈定家，选编.北京：中国社会科学出版社，2011：102.

② 杨联芬.晚清至五四：中国文学现代性的发生［M］.北京：北京大学出版社，2003：5.

与调适。① 因此，二十世纪二十年代梁启超文学观念审美现代性的生成是对于早前文学工具现代性的自我"救赎、宽容和反思"②，是经由早期的文学适用于启蒙现代性转向文学现代性自身非功利主义价值的蜕变，也是对于国内以五四人为代表的唯启蒙现代性为尊的反思与调和。

梁启超现代性的文学教育思想呈现出对于中国传统文化与西方文化的双重关照，即"淬厉"与"采补"的中西文化观最终是为了"文学的现代化与民族化"的更好实现。③ 因此，二十世纪二十年代梁启超文学观念审美现代性的具体表征为：以中国传统文化为基础的世界人文主义文化关怀，文学审美自觉基础上基于情感的"嗜好"，"择"的文化观基础上科学方法为我所用，以生活为源泉的文学自律，努力思考中国传统诗学使其发挥现代性的文学价值以及关于言文一致等问题。当然新的文学观念生成并不是一蹴而就的，就像中国现代化历经师法西方的"师夷长技以制夷"、政治改革再到思想启蒙的艰难探索一样，梁启超文学观念从现代性向审美现代性转移的过程是二者不断冲突、争论的结果，彰显现代性自我不断求变的态度，这一过程涉及文学本质特性的探讨，同时也离不开西方各种文化思潮的影响，同时二十世纪二十年代梁启超的文学审美自觉同样是建立在早期三界革命的杂文学时代的累积基础之上的，三界革命时期的文学观念是以文学启蒙为根本目标的，虽然

---

① 党圣元. 审美现代性 [M]. 陈定家，选编. 北京：中国社会科学出版社，2011：3，7，16.

② 党圣元. 审美现代性 [M]. 陈定家，选编. 北京：中国社会科学出版社，2011：19.

③ 钱理群，温儒敏，吴福辉. 中国现代文学三十年前言 [M]. 北京：北京大学出版社，1998：2.

小说理念呈现出审美自觉的色彩，然而从总体上来看依然是"偏重"于功利主义的文学价值观。

第三节　文学观念审美现代性的表征

一、以中国传统文学为基础的世界人文主义文化关怀

梁启超经过一年多对于战后西方国家的亲自体验和考察，战后西方国家经济的满目疮痍、时有发生的社会革命、西人精神文明的堕落和反省现代性思潮等实际状况深深地刺激着梁启超早前对于西方世界的美好印象，以游欧为界，这之后梁启超的思想发生了巨大变化。

梁启超结束了长达一年之久的欧洲之行，于 1920 年 3 月 5 日回到祖国，此后梁启超基本告别政治舞台，希望与早前的政治活动彻底断绝，开始投身到自己真心喜爱的学术领域。梁启超在写给自己弟弟的信中说："吾自觉吾之意境，日在酝酿发酵中，吾之灵府必将起一绝大之革命。惟革命产儿为何物，今尚在不可知数耳。"①

梁启超在《在中国公学之演说》中对于中国传统文化"悲观之观念完全扫清"②，主张发挥中国"固有之特性而修正与扩充之也"③，认为"中国固有之基础，亦最合世界新潮"④。紧接着梁启超更加"明确

① 丁文江，赵丰田．梁启超年谱长编［M］．上海：上海人民出版社，2009：567.
② 吴嘉勋，李华兴．梁启超选集［M］．上海：上海人民出版社，1984：738.
③ 吴嘉勋，李华兴．梁启超选集［M］．上海：上海人民出版社，1984：740.
④ 吴嘉勋，李华兴．梁启超选集［M］．上海：上海人民出版社，1984：740.

今后文化的方向，认为'最要紧的是把本国文化发扬光大'，而对'故步自封'和'沉醉西风'的两种极反的学术倾向予以否定，主张用'孔、老、墨''求理想与实用一致'的治学理想去'超拔'西学'唯心唯物各走极端'的学术倾向"①。梁启超及时地感觉到"欧美最流行之功利主义，唯物史观等学说，绝不足以应今后时代之新要求"②，而认为中国先哲们的"东方宇宙未济""人类无我之说"的精神生活至上的"高尚美满人生观"即为人生最为合理的追求。

但事与愿违，梁启超看到现在中国的学校教育仿效美国式教育，而这种以"忙"为前提的美国式教育，不过是"消耗面包的机器"，专从"欧美现代的文学"来讲，"完全是刺戟品"，"是预支将来的精神"，"现在他们的文学，只有短篇的最合胃口，小诗两句或三句，戏剧要独幕的好"，这一切源于"他们碌碌于舟车中，时间来不及，目的只不过取那种片时的刺激"。欧美现代的文学"精神无可寄托"，情感"少可慰藉"，梁启超认为中国如果坚持推行美化的教育，中国"特质的民族"，就会变成"美国的'丑化'"，"我们看得很清楚，今后的世界，绝非美国式的教育所能域领"，而中国青年由于"家国之累"同样面临着"精神无可寄托"的处境，中国学校一味地进行"智识饥荒"的灌输，忽略了"精神生活完全而后，多的知识才是有用"③ 的道理。

除此之外，梁启超在这一时期主张从中国传统文化中寻根溯源，无疑是与之相对的胡适、陈独秀的"文学革命"，从进化论的角度唯"西

---

① 梁启超文存［M］. 刘东，翟奎凤，选编. 南京：江苏人民出版社，2012：26.
② 丁文江，赵丰田. 梁启超年谱长编［M］. 上海：上海人民出版社，2009：627.
③ 梁启超文存［M］. 刘东，翟奎凤，选编. 南京：江苏人民出版社，2012：384-385.

洋榜样"①，对中国传统文学"彻底""推倒"观点的校正。②

由此梁启超以注重精神生活的中国传统文学为基础，这是"对'政教工具论'的超越"③，主张把世界文学史上各个文学流派全部引介到中国大地，在选择外国优秀的文学著作进行翻译的基础上认真学习西方文学的创作方法，从而创作出属于自己民族的文学作品，也就是说中国文学情感和理想的充分传达，"必须在本国文学上有相当的素养"，同时"得有新式运用的方法来改良我们的技术"④。梁启超提到的"他的精神"以及新式的方法，即是他一再强调的"科学方法"，这种"科学方法"不仅适用于中国史学，同样适用于中国文学⑤，希望采用科学的研究方法将中国丰富的传统文化开采出来，这样对于国人乃至整个世界都贡献一份力量。在这里，梁启超的文学观与他的世界主义文化意识获得统一，以中国传统文学为主体的文学观是其世界主义文化观的具体实践，具体表现在四个步骤：一是国人要做到尊敬热爱自己的民族文化；二是启用西方的科学方法进行整理、研究中国的文化；三是中西文化"化合"的文化观；四是把经过糅合的"新系统"传播到全世界，以供全世界"都得着他好处"⑥。

二、文学审美自觉基础上基于情感的嗜好

游欧归来的梁启超其文学观由早期单一的文学启蒙走向文学审美自

① 陈平原. 触摸历史与进入五四［M］. 北京：北京大学出版社，2010：83.
② 胡适. 胡适全集：第1卷［M］. 合肥：安徽教育出版社，2003：17.
③ 赵利民. 中国近代文学观念研究［M］. 济南：山东文艺出版社，1999：146.
④ 梁启超. 饮冰室合集：第5册［M］. 北京：中华书局，1989：70-71.
⑤ 梁启超. 饮冰室合集：第5册［M］. 北京：中华书局，1989：111.
⑥ 梁启超. 饮冰室合集：第5册［M］. 北京：中华书局，1989：37-38.

觉，这是对于早期革命主义启蒙现代性的超越与延续，在小说改造国民性时期，梁启超提出想要新民，必须先要"新"小说，同理如要"新道德"，也一定要"新小说"，"……欲新政治，必新小说……"① 而二十世纪二十年代的梁启超"文学革命从其发端就是更广阔范围的思想改革运用的工具"② 最终走向文学的"嗜好"即"情感""趣味"说。

学界传统观点把梁启超的文学路径定性为功利主义文学价值观的代言人，例如，杨联芬认为王国维是现代审美观念的代表，她认为"在1908 年前后，周氏兄弟的文学观念并不接近梁启超，而更接近王国维"③，由此可以看出，杨联芬并没有看到以游欧为界，即二十世纪二十年代梁启超文学观念已经进入审美现代性的自觉追求。梁启超认为文学是需要真正喜欢这门学问的人安心下来进行研究的一门专业，这就是梁启超所集中肯定的"用内省的和躬行的方法去研究德行的学问，在社会上造成一种不逐时流的新人"④，"不逐时流"对于学问才能"为学问而学问"⑤，文学以目的代替手段，强调学问的"专精"⑥，而在文学上"专精"的具体体现就是"为文学而研究文学"⑦，与此同时"为艺术而艺术是审美现代性反抗市侩现代性（ the modernity of the philis-

---

① 梁启超文选：下集 [M]．夏晓虹．北京：中国广播电视出版社，1992：3.
② 余虹．五四新文学理论的双重现代性追求 [J]．文艺研究，2000（01）：16.
③ 杨联芬．晚清至五四：中国文学现代性的发生 [M]．北京：北京大学出版社，2003：40.
④ 梁启超．饮冰室合集：第 5 册 [M]．北京：中华书局，1989：70，79.
⑤ 梁启超．清代学术概论 [M]．朱维铮，校订．北京：中华书局，2011：159.
⑥ 梁启超．清代学术概论 [M]．朱维铮，校订．北京：中华书局，2011：162.
⑦ 梁启超．饮冰室合集：第 5 册 [M]．北京：中华书局，1989：79.

tine）的最初产物"①。

二十世纪二十年代梁启超文学审美自觉是对于文学本质渐趋成熟的表现，对早期偏重文学之"用"的自我审视，同时调和着"新文化运动"主流们"径直"崇西的文学启蒙观。②

梁启超文学审美自觉非一日骤变的结果，而是一个渐进的过程，张冠夫指出，1902 年左右受到民族主义思想的影响，梁启超由单一的改造国民性的文学启蒙功能开启了建构国民性的文化功能，当然文学启蒙依然是此时期不变的准则，但是文学此时已经彰显其文化的功能，不再是作为单一的政治工具，使文学具有走向本质属性、实现审美自觉的可能。其中张冠夫指出 1915 年这种文化建构进入高潮，"文学的功能定位于与政治教化相区别的社会教育功能，文学被置于文化范畴而恢复其作为文化现象的身份"③。

"文学是一种专门之业"，"为文学而研究文学"，"根柢"要"纯洁高尚"④，梁启超的文学观开始转向文学审美层面并不是抛却文学的社会属性，而是开启启蒙文学与审美文学自觉地融合阶段，二十年代梁启超抛弃文学进化论，"国民性"的培养是建立在审美自觉基础之上的，并且提出国民本应该受到本民族文化，诸如诗歌、词曲、小说等具体门类的熏陶。

---

① 杨晓明．启蒙现代性与文学现代性的冲突与调适——梁启超文论再评析［J］．厦门大学学报（哲学社会科学版），2001（01）：68.

② 陈平原．触摸历史与进入五四［M］．北京：北京大学出版社，2010：74.

③ 张冠夫．从"新民"之利器到"情感教育"之利器——梁启超文学功能观的发展轨迹［J］．上海交通大学学报（哲学社会科学版），2013（01）：92.

④ 梁启超．饮冰室合集：第 5 册［M］．北京：中华书局，1989：79.

梁启超关于学问的研究，诸如"各人从其性之所好"，"为自己性情最近者做去""就性之所近的去研究"，做学问"纯以人生为出发点"，追求学问"无所为而为"，"知其不可而为之"，"苦乐遂不系于目的物"，"喜欢做的""精神生活"下做学问，那么"生活上总含着春意"，这一学问研究的旨趣同样是建立在文学审美自觉基础上的"主情主义"的学问观。①

这一时期梁启超关于文学的解释具体表现在两方面，首先，从文学的欣赏层面来讲，"稍有点子的文化的国民，就有这种嗜好"②，寓意平民具有享受"生活的艺术化"，成为"美术人"的可能。其次，从文学的本质属性来讲，"趣味"是文学的本质属性，是需要"内发的情感"和外界的具体环境共同作用的结果③。其中"内发的情感"是梁启超"借镜"西方的文学"情感"这一语言文字与中国传统文学"抒情"的实质内涵相互融合的结果，彰显中西文学的融会贯通，即"'抒情一语，即是属于主体内在的'情'基于某种原因往身外流注，或者这流注达成某种效应"④，而"外受的环境"也更多指向"将高尚的情感和理想传达出来"的"语言文字"，⑤"而要达到对文学的'嗜好''趣味'这一审美艺术层面，自然要经由'内发的情感'的熏染，由此可以看出情感对于文学趣味的高下、高尚嗜好的选择、文学审美的取向至关重要。"

---

① 梁启超文存［M］. 刘东，翟奎凤，选编. 南京：江苏人民出版社，2012：379.
② 梁启超文存［M］. 刘东，翟奎凤，选编. 南京：江苏人民出版社，2012：135.
③ 梁启超文存［M］. 刘东，翟奎凤，选编. 南京：江苏人民出版社，2012：135.
④ 陈国球，王德威. 抒情之现代性——"抒情传统"论述与中国文学研究［M］. 北京：生活·读书·新知三联书店，2014：17.
⑤ 梁启超文存［M］. 刘东，翟奎凤，选编. 南京：江苏人民出版社，2012：136.

　　我们根据梁启超关于文学的阐释可以看出文学作为一门语言的艺术，它的功能在于表现情感，毋庸置疑，"情感者，文学之灵魂。文学而无情感，如人之无魂，木偶而已，行尸走肉而已"①。

　　梁启超提出"艺术是情感的表现，情感是不受进化法则支配的"②，由此梁启超的文学情感观终于超越文学进化论的限囿，这是对于早前启蒙现代性的反思，预示着文学政治工具论就此退为隐性；这是在新的文学观念诞生基础上对于文学本质属性的自觉追求，自此开启文学的审美维度。

　　前文我们阐述的以梁启超合理人生观为切入点的学问观研究、人文主义文化思潮的吸收以及"规避现代文化可能出现的理性化偏颇，建设健全人格和健康文化的反思现代性维度"的文学情感教育思想"都体现以文学的审美功能为基础的文学的教育功能"③。

　　梁启超学术审美之路并没有长此断裂国民的社会教育，而且较之于小说的通俗教育更加注重国民雅文化的熏养，梁启超认为"社会一般人，虽不必各个都作诗，但诗的趣味，最要涵养，如此然后在这实社会上生活，不至干燥无味，也不至专为下等娱乐所夺，致品格流于卑下"④，这时期更加注重从中国传统诗歌的角度给予国民情感的熏陶。

---

① 胡适. 胡适全集：第 1 卷［M］. 合肥：安徽教育出版社，2003：5.
② 梁启超文存［M］. 刘东，翟奎凤，选编. 南京：江苏人民出版社，2012：255.
③ 张冠夫. 从"新民"之利器到"情感教育"之利器——梁启超文学功能观的发展轨迹［J］. 上海交通大学学报（哲学社会科学版），2013（01）：94.
④ 梁启超. 饮冰室合集：第 5 册［M］. 北京：中华书局，1989：79.

三、"择"的文化观基础上科学方法为我所用

梁启超"择"的文化观主要是指在确立以中国传统文化为主体的文化观基础上如何有选择地吸收西方文化的问题,而科学方法的为我所用恰恰是有选择地吸收西方文化的最好表达,这是梁启超吸取希腊科学精神的具体文化实践,是对于早前"结婚论"的西方文化观的进一步成熟与完善,同时体现了梁启超经过欧洲的实地考察对于西学境况的及时反思,更是出于中国大地在西学东渐的大潮下面临全盘西化的深沉思考。

（一）"择"的文化观

梁启超在《欧游心影录》中提出思想解放之"择"时讲道:"孔子教人择善而从,不经一番择,何由知得他是善?"① 由此可知梁启超关于思想解放"择"的思想的提出,首先表明是从中国传统儒学中去寻找依据,以中国传统文化作为文化根基,同时也是梁启超对于中西文化如何择取臻于成熟的表现。梁启超在此基础上接着又讲道:"解放便须彻底,不彻底依然不算解放。"② 那么到底怎样做才算是真正的"彻底解放"呢?专从"学问而论",以"不许一毫先入为主的意见束缚自己"作为原则,强调做学问尊重客观事实,学问的"彻底解放"主要体现在梁启超对于一向尊崇的"泰西"之学转向"彻底""择"的文化观,这个"彻底""择"的文化观在"参考""采用"西学上要遵循

---

① 梁启超文存［M］. 刘东,翟奎凤,选编. 南京:江苏人民出版社,2012:16.
② 梁启超文存［M］. 刘东,翟奎凤,选编. 南京:江苏人民出版社,2012:18.

不"盲从""不能把判断权径让给他"的原则，① 具体在文学上表现为"必须在本国文学上有相当的素养"，而这种"文学素养"的积累要依靠本国的"技术"和"工具"的培养，在此基础上尽量采取西方的名家作品。②

关于"择"的文化观，梁启超主张彻底思想解放的"择"，"只有这个'择'，便是思想解放的关目"③。那么怎样"择"呢？途径就是"穷原竟委"，通过"亲躬"，避免主观的"先入为主"。

例如，梁启超针对西方文学充斥在"忙"的人生观之下的知识教育，提出"虽说我们在学校应求西学，而取舍自当有择，若是不问好歹，无条件的移植过来，岂非人家饮鸩，你也随着服毒？"④ 因此梁启超以研究文献学为例提出学问上的"择"要秉持三个标准，"第一求真"，通过"仔细别择""剔去""以伪传伪失其真相"的学问，力求学问的客观真实；"第二求博"，以"一以贯之""好一则博"为原则，"择一两件专门之业"，进行"窄而深"的研究；"第三求通"，主张从文化观的视角研究学问，不同学问之间的"关系"的探求同样需要"择"，即"用锐利眼光去求得"。

再如，梁启超关于中国传统文化中"择"的思想的具体表现，例如其在《清代学术概论》中评价戴震的"学术之出发点"："盖无论何人之言，决不肯漫然置信……层层逼拶，直到尽头处。苟终无足以起其

---

① 梁启超文存［M］. 刘东，翟奎凤，选编. 南京：江苏人民出版社，2012：18.
② 梁启超. 饮冰室合集：第 5 册［M］. 北京：中华书局，1989：70-71.
③ 梁启超文存［M］. 刘东，翟奎凤，选编. 南京：江苏人民出版社，2012：16.
④ 梁启超文存［M］. 刘东，翟奎凤，选编. 南京：江苏人民出版社，2012：385.

信者，虽圣哲父师之言不信也。""实可以代表清学派时代精神之全部"①，这里梁启超之于戴学作为"考证学"研究所秉承的"去蔽""求是"的原则，明显体现出"彻底解放"的原则。

又如针对康有为的《新学伪经考》，梁启超称其影响有二，"第一，清学正统派之立脚点，根本摇动。第二，一切古书，皆须重新检查估价，此实思想界之一大飓风也"，正好契合了梁启超在《欧游心影录·节录》所主张的到底如何做才叫真正的"思想解放"的问题，具体做法就是不管别人对我怎样解释其道理，我都应该"穷原究委"地仔细想一想，最终再下定论，当我们在进行思考的时候应该避免主观意识左右我们的决定。②

与此同时被梁启超誉为儒家的"美妙的人生观"倡导"知行合一"，强调"自为""自证""躬行实践"，那么建立在此人生观格调上的学问观一定是"兴致勃勃的"③。

此外，关于"陆王学派"的研究，倡导"王阳明的知行合一之教"，二十世纪二十年代墨学的复兴，主张"儒老佛"并行，打破儒学一统天下的文化专制主义局面，都是对中国传统文化在"择"的基础上"彻底求解放"的体现。文学上"择"的"思想解放"还体现在不偏于一隅，即如"白话与文言""理想派与写实派"以及"白话诗"在创作上主张把中国古典诗歌创作中描写天然之美和社会现实两大范式相互调和。由此我们可以看出，梁启超的"择"的文化观并不主张完

① 梁启超．清代学术概论［M］．朱维铮，校订．北京：中华书局，2011：52.
② 吴佳勋 李华兴．梁启超选集［M］．上海：上海人民出版社，1984：726.
③ 梁启超．饮冰室合集：第5册［M］．北京：中华书局，1989：113.

全地排斥一端，如果那样的话就会"别造出一种束缚了"①。

（二）科学方法为我所用

梁启超对于西方文化"择"的观念体现出甄别、筛选，一改早前全盘接受西学的态度，在此梁启超充分认识到西洋精神文明的贫瘠，西方国家同样在寻找世界的文明曙光，并且许多有识之士还想把我们的文化拿去与他们进行"调和"②。对于西方文化"择"的思想，二十世纪二十年代梁启超在《〈改造〉发刊词》上，强调应该有选择地"输入"西方学说，对于那些浅显笼统的外国文化，如果引介过来势必会阻碍国民文化进步的步伐，因此应该在借鉴的过程中当作"忠实深刻的研究"③。梁启超清楚地看到"欧美最流行之功利主义，唯物史观等学说，绝不足以应今后时代之新要求"④。

但是我们要清楚梁启超对于西方文化的抑制，只是针对那些过时的，已经"被人驳得个水流花落"的陈旧思想，即不适合中国实际情况的欧洲思想，例如在《情圣杜甫》一文中对于欧洲盛行的进化论思想，梁启超明确指出艺术最大的特点在于情感的传达，情感是不需要遵守进化论原则的约束，"人类所以进化，就只靠这种白热度情感发生出来的事业"⑤；又如对于人生观的把握，梁启超弃绝西方"形而上学""客观的科学"以及"达尔文生物进化"的人生观，认为这些都是机械

---

① 梁启超．饮冰室合集：第5册［M］．北京：中华书局，1989：77.
② 梁启超文存［M］．刘东，翟奎凤，选编．南京：江苏人民出版社，2012：18.
③ 吴嘉勋，李华兴．梁启超选集［M］．上海：上海人民出版社，1984：744.
④ 丁文江，赵丰田．梁启超年谱长编［M］．上海：上海人民出版社，2009：627.
⑤ 吴嘉勋，李华兴．梁启超选集［M］．上海：上海人民出版社，1984：788.

唯物的枯燥生活"①。

对于适合中国的西方文化，首先要以中国传统文化为根基，在此前提下融合中西文化，组成"一个新文化系统"②，"叫全人类都得着他的好处"③，但是如果要使我们的文化充分地发展出来，必须要借助他们的科学方法不可，因为他们的学问的研究方法实在是"精密"，即"欲善其事，必先利其器"④。

首先，学校教育方面梁启超同样看到西洋科学方法的重要性，梁启超极其看重儒家经典道德修养的价值，学生应该把中国传统知识与道德修养并重，提倡把西方的科学方法作为工具来服务于中国传统知识的学习："我这两年来清华学校当教授，当然有我的相当抱负而来的……我想把中国儒家道术的修养来做底子，而在学校课堂上把他体现出来。……至于智识一方面，固然要用科学方法来研究，而我所希望的，是：科学不但应用于求智识，还要用来做自己人格修养的工具。"⑤

其次，科学方法的提倡还表现在对待中国固有文献资料的挖掘上，同样强调启用西方的科学方法进行挖掘。梁启超把中国的大量史料文献比喻成一座"丰富矿穴"，而把"科学方法"比作"开矿机器"，他希望把这一科学方法"运用得精密巧妙"，那么就一定"会将这学术界无尽藏的富源开发出来"。⑥

---

① 梁启超. 饮冰室合集：第 5 册［M］. 北京：中华书局，1989：116.
② 梁启超文存［M］. 刘东，翟奎凤，选编. 南京：江苏人民出版社，2012：27.
③ 梁启超文存［M］. 刘东，翟奎凤，选编. 南京：江苏人民出版社，2012：27.
④ 梁启超文存［M］. 刘东，翟奎凤，选编. 南京：江苏人民出版社，2012：27.
⑤ 吴嘉勋，李华兴. 梁启超选集［M］. 上海：上海人民出版社，1984：882.
⑥ 梁启超文存［M］. 刘东，翟奎凤，选编. 南京：江苏人民出版社，2012：374.

除此之外，更为重要的是梁启超看到了科学精神在人文领域的重要价值，他讲道："然而语一时代学术之兴替，实不必问其研究之种类，而惟当问其研究之精神。"① 依据梁启超的观点这里所说的学术精神就是科学精神，是不为功利的，是为知识而知识的，是建构在责任心和趣味调和的人生观基础上的，二十世纪二十年代梁启超的科学精神向人文领域渗透，由此打破自然科学的囿限，相较于"五四"主流的科学精神仅仅局限在自然科学领域而言，走在了时代的前列。

四、文学审美于大众

梁启超关于文学审美现代性之大众审美包含两个层面，一是审美源自生活，正如梁启超所言："'美'是人类生活一要素"②，即生活于艺术化的国民首先应"从日常生活经验出发"③，"和自然之美相接触——所谓水流花放，云卷月明，美景良辰，赏心乐事。只要你在一刹那领略出来，可以把一天的疲劳忽然恢复，把多少时的烦恼丢在九霄云外"④；二是作为诱发生活趣味"三种利器"之一的文学具有"专从事诱发，以刺戟个人器官，不使钝的"的审美属性，最终使之国民"生活于趣味"，这是文学审美现代性的感性层面，是对于大众审美文化的追求，

① 梁启超．清代学术概论［M］．朱维铮，校订．北京：中华书局，2011：158.
② 梁启超．饮冰室文集点校［M］．吴松，等点校．昆明：云南教育出版社，2001：3327.
③ 党圣元．审美现代性［M］．陈定家，选编．北京：中国社会科学出版社，2011：58.
④ 梁启超．饮冰室文集点校［M］．吴松，等点校．昆明：云南教育出版社，2001：3327.

注重国民以美的陶养。①

　　二十世纪二十年代梁启超接受"为文学而文学""文学自律性"的同时强调艺术源于生活②，并不是脱离生活而与现实世界隔绝，梁启超主张文学审美来自生活，这是对于文艺复兴时期人文主义核心内涵的体悟，认为艺术植根于生活，而不是生活模仿艺术③，因而梁启超并没有如同康德审美无功利说那般"为艺术而艺术"，"力求把艺术从道德的约束中解脱出来"的同时"亦即将艺术和日常生活彻底区分开来"④。

　　二十世纪二十年代梁启超提倡借助文学审美于国民，使之生活于趣味、艺术化的生活，一方面来自游欧期间对于西人生存状态的深深体悟，对此梁启超讲到许多互不相识的人聚集在一个集中的地方进行工作，相互之间根本没有情感可言，这些人大多是没有生活保障的，好像一根无着的朽木，长期的艰苦、无停息的劳作使得他们身心疲惫，也许能够得到一种暂时的享乐，但是这种暂时的欢乐马上就会被无止息的忙碌再次吞没，可见西人的日常生活凸显启蒙现代性的诸多特征：社会生产日益细化分工和专业化；愉快的生活与劳动严格分开；人与人之间失去了最为本真的相处模式；"人变得越来越孤独和内向"；人们逐渐把"纯粹的实用主义"作为主要的价值标准。⑤ 鉴于此，梁启超期望国民

---

　　① 梁启超. 饮冰室文集点校［M］. 吴松，等点校. 昆明：云南教育出版社，2001：3328.

　　② 党圣元. 审美现代性［M］. 陈定家，选编. 北京：中国社会科学出版社，2011：40.

　　③ 党圣元. 审美现代性［M］. 陈定家，选编. 北京：中国社会科学出版社，2011：38.

　　④ 党圣元. 审美现代性［M］. 陈定家，选编. 北京：中国社会科学出版社，2011：39.

　　⑤ 周宪. 审美现代性批判［M］. 北京：商务印书馆，2005：391.

艺术化的生活是基于启蒙现代性日常生活的深沉反思，彰显对于审美现代性的追求。正如黑格尔对于现代性的体认那样，他认为"'诗的时代'将无可挽回地被'散文时代'所取代。在黑格尔那里，所谓的'散文时代'有其特定的含义，指的就是现代社会，它全然不同于前现代社会的'诗意'。因为在现代社会中，个体与社会的关系处于一种刻板的'法律秩序'之中"①；另一方面彰显梁启超一以贯之文学教育国民的"责任心"，梁启超期望文学真正有益于国民进而审美于国民，正如梁启超在《告小说家》一文中的感言一样"近十年来，社会风习，一落千丈……""试一流览书肆，其出版物，除教科书外，什九皆小说也。……故今日小说之势力，视十年前增加倍蓰什百……"因而梁启超嘱咐社会小说家一定要为广大青年着想，绝对不能为了迎合社会一小股低下的消费观和功利主义价值观进行小说创作，如若那样"不报诸其身，必报诸其子孙；不报诸近世，必报诸来世"②。

二十世纪二十年代梁启超审美文学观既没有走向"唯美主义"脱离日常生活的极端，同时也没有如本雅明那样用"韵味"与"震惊"把"传统艺术和现代艺术"一分为二，③ 而是"淬厉"中国传统文学使其发挥文学的现代性价值，更好地陶养国民，发挥文学人文主义教育魅力，贯通中与西、古与今的文学教育理念。梁启超领悟了"淬厉"与"采补"的真谛，真正做到了启蒙与审美的调和，规避了启蒙工具

① 周宪. 审美现代性批判［M］. 北京：商务印书馆，2005：386.

② 陈平原，夏晓虹. 二十世纪中国小说理论资料·第一卷（1897—1916）［M］. 北京：北京大学出版社，1997：511.

③ 党圣元. 审美现代性［M］. 陈定家，选编. 北京：中国社会科学出版社，2011：44.

论的极端化。

文学现代性在启蒙和审美两翼的语境下，二十世纪二十年代梁启超相较于"五四"人的文学启蒙现代性更多地表现出文学审美自觉，如果从现代性视域下探究其原因，更多源于文艺复兴时期人文主义思潮的借鉴，这是梁启超及时感悟世界文化思潮的结果。我们联系中国现代文学的发展之路，包括梁启超生活的"文学革命"时代以至于二十世纪八十年代整个文学界依然承续在"五四未完成的启蒙"现代性文学语境中①，就像杨联芬所说的那样："'现代性'概念在西方后现代理论中所具有的批判色彩，也正好可以被我们用来对百年中国的'现代化'历程进行反省。"② 那么在中国文学现代性发生的初期阶段梁启超的文学观念的审美自觉是否也同样值得我们重新地审视与反思？

①　杨联芬. 晚清至五四：中国文学现代性的发生 [M]. 北京：北京大学出版社，2003：4.
②　杨联芬. 晚清至五四：中国文学现代性的发生 [M]. 北京：北京大学出版社，2003：5.

第四章

以情感教育为核心的文学教育思想

第一节　关于情感教育

梁启超以情感教育为核心的文学教育思想并不是突然之思想的闪现，而是有其必然的发生、发展、不断成熟与完善的过程。

一、梁启超以德育为核心的"新民"完全人格建构——以《新民说》为中心的考察

《新民说》时期，梁启超意识到"国民之文明程度"的高低直接决定着国家的兴亡，由此开启以德育为核心的民智、民力完全人格建构的"新民"之路，我们以《新民说》为中心进行考察，健全人格的"新民"主要特征表现为："淬厉"与"采补"的中西文化"化合"观，私德教育为核心的三民教育的和谐发展以及人的自觉和责任的"调和"。关于国民的"私德"教育，梁启超看到了"儒家传统对个人的尊重，尤其是王阳明的良知观念"，明确表示国民的道德教育以"吾祖宗

遗传固有之旧道德"为基础。此时期小说成为理想"新民"完全人格建构的重要文学载体,小说教育国民,虽然最终目的是功利的、是为其政治理想服务,但是我们从文学现代性的视角来考量,首先小说的通俗性有利于普及教育;其次通过小说"熏""浸""刺""提"国民之后达到梁启超理想的"新民"。①

梁启超在《新民说》开篇讲到国由民立,但是以目前中国现有国民来讲,其"四肢已断,五脏已瘵,筋脉已伤,血轮已涸","愚陋、怯弱、涣散、混浊",国不能力。因此,梁启超主张培养适合理想国家的"新民","然则苟有新民,何患无新制度,无新政府,无新国家"?② 那么,面对"内治"与"外交"的双重隐患"以为患之有无,不在外而在内"③,具体的文化陶养之路就是一定要从民德、民智、民力上进行国民教育,这是抵御外患的唯一方法,在梁启超看来以"民德、民智、民力"为主要内涵的"国民之文明程度"的"高""低"直接决定着国家的兴亡。④ 因此,"新之有道,必自学始"⑤,其中在文学领域主要表现为这一时期梁启超提倡的"三界革命",而小说教育是为实现"民德、民智、民力"理想人格最为鲜明的实践。

(一)以中国传统文化为根柢

梁启超指出"新民云者,非欲吾民尽弃其旧以从人也"并且以先

---

① 吴嘉勋,李华兴. 梁启超选集 [M]. 上海:上海人民出版社,1984:350-351.
② 梁启超. 饮冰室文集点校 [M]. 吴松,等点校. 昆明:云南教育出版社,2001:547.
③ 梁启超. 饮冰室文集点校 [M]. 吴松,等点校. 昆明:云南教育出版社,2001:547,549,748.
④ 梁启超. 饮冰室文集点校 [M]. 吴松,等点校. 昆明:云南教育出版社,2001:47.
⑤ 梁启超. 新史学 [M]. 夏晓虹,陆胤,校. 北京:商务印书馆,2014:2.

哲训言为依据阐释"新"之内涵，与此同时从民族主义情感出发认为："凡一国之能力于世界，必有其国民独具之特质，上自道德法律，下至风俗习惯、文学美术，皆有一种独立之精神，祖父传之，子孙继之，然后群乃结，国乃成"，"我同胞能数千年立国于亚洲大陆，必其所具特质，有宏大高尚完美，厘然异于群族者，吾人所当保存之而务失坠也。虽然，保之云者，非任其自生自长……"①。

梁启超以中国传统文化为根柢同时表现在"淬厉"与"采补"的中西文化观念上，梁启超主张在"淬厉"中国固有文化的基础上"采补"中国文化"所本无"的，"淬厉"是根本，主张对中国固有文化首先进行"濯之试之，发其光晶"，然后使其"继长增高，日征月迈；国民之精神，于是乎保存，于是乎发达"，② 这里的"淬厉"是真正的"守旧者"，梁启超讲道："世或以'守旧'二字为一极可厌之名词，其然岂其然哉？吾所患不在守旧，而患无真能守旧者。真能守旧者何？即吾所谓淬厉其固有而已"③；而"采补"是补充，梁启超向西方学习的政治、经济、文化最终都是为了"淬厉"中国固有文化，尤其是"采补"西方文化中关于"民德、民智、民力"的部分，因为这"实为政治、学术、技艺之大原"。④ "淬厉"与"采补"的中西文化观是以"淬厉"为本之上的"采补"，彰显梁启超一以贯之的调和理念，因此，

---

① 梁启超. 饮冰室文集点校［M］. 吴松，等点校. 昆明：云南教育出版社，2001：550.

② 梁启超. 饮冰室文集点校［M］. 吴松，等点校. 昆明：云南教育出版社，2001：550.

③ 梁启超. 饮冰室文集点校［M］. 吴松，等点校. 昆明：云南教育出版社，2001：550.

④ 梁启超. 饮冰室文集点校［M］. 吴松，等点校. 昆明：云南教育出版社，2001：550.

梁启超这一文化教育理念是真正"保守"中国固有文化基础上的积极进取。

（二）德育为核心——公德主"采补"，私德主"淬厉"

《新民说》时期梁启超关于国民人格教育具体是以"德育"来呈现的，道德教育是梁启超"民德、民智、民力"教育思想的核心内容，担负着改造国民性的重要文化启蒙职能，由此开启对"人"的文化启蒙的近代化历程。

关于国民道德教育，梁启超从"中国旧伦理"和"泰西新伦理相比较"的视角认为中国很早就有优秀的道德传统，如果具体从公德和私德来看，是重于私德的，可是"仅有私人之资格，遂足为完全人格乎？是固不能"，依据"泰西新伦理""家族伦理"和"社会伦理"及"国家伦理"的三分类，认为"夫人必备此三伦理之义务，然后人格乃成"，即公德和私德的"兼善""然后人格乃成"①，提倡公德主"采补"，私德主"淬厉"。

梁启超认为"夫言群治者，必曰德，曰智，曰力，然智与力之成就甚易，唯德最难"②；面对西方文化大潮涌入中国大地，国人对于知识的掌握会愈来愈多、愈来愈深入的同时，梁启超担忧国人的道德会世风日下，即"吾恐今后智育愈盛，则德育愈衰，泰西物质文明尽输入中国，而四万万人且相率而为禽兽也。呜呼！道德革命之论，吾知必为

①　梁启超．饮冰室文集点校［M］．吴松，等点校．昆明：云南教育出版社，2001：554.
②　梁启超．饮冰室文集点校［M］．吴松，等点校．昆明：云南教育出版社，2001：630.

举国之所诟病，顾吾特恨吾才之不逮耳"①。由此我们结合二十年代中国教育面临的严重局面，即重于"智识教育"而导致精神教育的饥荒，梁启超早在《新民说》时期就已深有感触。

此外，梁启超以"民德"教育为核心内容，我们从"三民"教育的排列次序也可以予以证明，比照严复在《原强》以"民智、民力、民德""三民"排列次序来看，何为主次显而易见。

（三）尤重"公德"乎？——"论公德"解读

梁启超《新民说》的"论公德"开篇就以群及国家观念来释"公德"，"我国民所最缺者，公德其一端也。公德者何？人群之所以为群，国家之所以为国，赖此德焉以成立者也。"那么，是否就此表明国民道德教育就以"公德"教育为主？而对于"私德"教育，梁启超又是持何态度？

首先，从公德与私德的关系来看，公德与私德是辩证统一的，二者缺一不可，二者合一才能成就"完全人格"。梁启超指出："二者皆人生所不可缺之具也。无私德则不能立……；无公德则不能团……"。在梁启超看来，私德是基础，是道德之基，正如"斯宾塞之言曰："凡群者皆一之积也，所以为群之德，自其一之德而已定'"，如果"一私人对于一私人之交涉而不忠，而欲其忠于团体，无有是处，此其理又至易明也"②。

---

① 梁启超．饮冰室文集点校［M］．吴松，等点校．昆明：云南教育出版社，2001：554.

② 梁启超．饮冰室文集点校［M］．吴松，等点校．昆明：云南教育出版社，2001：622.

其次，梁启超是站在中国道德的文化立场上来审视"中国道德之发达"的实际情况，认为"吾中国道德之发达，不可谓不早，虽然，偏于私德，而公德殆阙如"。梁启超以中国传统道德为文化根基，并且认为"私德"早已"发挥几无余韵，于养成私人之资格，庶乎备矣"①。这是对中国固有文化的肯定与自豪，虽然，在"新大陆游记"以后，梁启超认为中国固有之道德，"私德有大缺点"，因而提出"淬厉"的重要。

此外，关于"公德"，梁启超从伦理学的视角以"旧伦理"（中国固有伦理）与"新伦理"（西方伦理价值观）进行比照，认为中国公德实质多为"私德"，缺少真正意义上的"公德"观念，即"团体"观念，也就是"群""国家"观念，表明梁启超对于中国固有文化的重新思考，认为"吾中国数千年来，束身寡过主义，实为德育之中心点"②。梁启超以"群己"、权利与义务以及家庭伦理等多角度号召国民应从"束身寡过主义"中解放出来，因而我们需要联系具体的社会背景和文章语境来考察梁启超缘何偏于新民"公德"教育，即"公德之大目的，即在利群，而万千条理，即由是生焉。本论以后各子目，殆皆可以'利群'二字为纲，一以贯之者也。故本节但论公德之急务，而实行此公德之方法，则别助于下方"，即为专设章节予以阐释怎样实现新民的"公德"。梁启超针对"束身寡过主义"鞭笞其缺点，恰恰是"淬厉"中国传统文化的具体实践，同时也为后来的研究者提供了多角度阐释的

---

① 梁启超. 饮冰室文集点校［M］. 吴松，等点校. 昆明：云南教育出版社，2001：554.
② 梁启超. 饮冰室文集点校［M］. 吴松，等点校. 昆明：云南教育出版社，2001：554.

可能，例如认为梁启超以"群""国家主义"为终极追求，或者认为梁启超秉持"破坏主义"原则，又如以西方文化为基础等。

我们认为梁启超以中国固有文化为源泉的"民德、民智、民力"文化启蒙自始至终都没有改变，例如梁启超自始至终也没有否认中国传统道德完全不具备"公德"观念，仅是认为与中国传统伦理观念中"重私德"相比偏轻"公德"而已，在中国的伦理观中，仅有家庭伦理是比较完整的，因此建议对于欠发达的国家伦理和社会伦理应该予以很好的补充，即"若中国之五伦，则惟于家庭伦理稍为完整，至社会、国家伦理，不备兹多。此缺憾之必当补者也，皆由重私德轻公德所生之结果"，这一"补"的观念最能表达中、西文化何为根本。①

关于"公德"与"私德"，梁启超始终认为"道德之本体一而已"，缺一不可。"私德"部分，即中国传统文化早已"圆满纤悉，而无待末学小子之哓哓词费也"，并且"变迁较少"②，因而为了早日实现理想"新民"，"公德"自然是梁启超急于"淬厉"与"采补"的内容，可见其在内忧外困的时局下试图通过文化教育的路径救国、爱国之急迫心情。正如黄克武认为《新民说》时期，梁启超之所以"偏重"群，是为了应对"民族帝国主义"的扩张，因此"梁启超限制个人自由与强调群体重要的观念，在某种程度上是出自这种国家安全的考虑，并不是以为群体本身比个人重要"③。

---

① 梁启超. 饮冰室文集点校 [M]. 吴松，等点校. 昆明：云南教育出版社，2001：554.

② 梁启超. 饮冰室文集点校 [M]. 吴松，等点校. 昆明：云南教育出版社，2001：622-556.

③ 黄克武. 一个被放弃的选择：梁启超调适思想之研究 [M]. 北京：新星出版社，2006：80.

（四）"破坏主义"之反省——"偏重"私德教育时代的到来

"论私德"写于 1903 年秋梁启超游美洲归来之时，此时梁启超缘何青睐私德教育？我们知道梁启超早在"论公德"时期就已经意识到二者之间的辩证关系，认为"公德"与"私德""本体一而已"，"私德"是道德教育的一部分，那么，我们是不是可以理解为 1903 年"论私德"的写作是对之前的承续，当然承续是需要多种因素的"推"力的，那么促成梁启超关注"私德"教育的多种"推"力有哪些呢？同时这也是梁启超人生观（责任心与趣味"调和"）依据不同时期的实际情况（社会、个人）呈现各有"偏重"色彩的体现，1903 年之前，迫于"内治"与"外交"的急迫困顿，再加上梁启超认为中国道德"偏于私德"，早已"圆满纤悉"，因此"公德"教育成为"显性"。"论公德"时期强调在以"利群"惟本原的基础上，发明一种新道德，实为"公德"，即"知有公德，而新道德出焉矣，而新民出焉矣"，从而发挥爱群、爱国、爱真理的社会职能。然而，1903 年秋梁启超游美洲归来，其思想发生重大转变，开始"偏重""私德"，"是故欲铸国民"一定要"以培养个人之私德为第一义"。①

1. 原因探究

关于梁启超于 1903 年秋游美洲归来其思想转变的原因，即"私德"论以"吾祖宗遗传固有之旧道德"为文化根基之原因，我们以文本为据的基础上借鉴相关学者的观点来予以阐释。②

---

① 梁启超. 饮冰室文集点校［M］. 吴松，等点校. 昆明：云南教育出版社，2001：631.

② 黄克武. 一个被放弃的选择：梁启超调适思想之研究［M］. 北京：新星出版社，2006：30-36.

梁启超在《论私德》的第二篇章《私德堕落之原因》中把导致中国私德堕落的原因归结为五点，这正是梁启超开始偏于私德教育的重要原因。这一篇章的结尾梁启超以两个表格的形式，即"中国历代民德升降表"和"中国历代民德升降原因表"，清晰地梳理出中国民德的发展历程。我们从这两个表格可以看出，梁启超认为时下中国民德处于历史上的最低谷，即"混沌达于极点，诸恶具备"，并且总结出之所以造成最低谷的五点原因①。

第一，"四十年来，主权者以压制敷衍为事，进而益甚"。这一点主要是就"专制政体"而言，梁启超借以孟德斯鸠"故专制之国，无论上下贵贱，一皆以变诈倾巧相遇，……若是乎专制政体之下，固无所用其德义，昭昭明甚也"之观点，认为中华民族长期笼罩在专制的氛围下，国民根本无法表达想要进步的愿望，只能奴颜婢膝。

第二，中国面临"文明之外族侵入，主权无存"。

第三，"内乱未已，外患又作，数败之后，四海骚然"。梁启超详细分析中国面临内忧外患的复杂时局导致民德世风日下，认为内乱和外患出现一个情况，都可以造成中国的"日趋卑下"。

第四，"漏卮既甚，而世界生计竞争风潮侵来，全国憔悴"。梁启超讲道："生计之关系于民德，如是其切密也。"关于中国"生计"现状："我国民数十年来，困于徭役，困于灾疠，困于兵燹，其得安其居乐其业者，即已间代不一觏，"再加之"降及现世，国之母财，岁不增值，而宫廷土木之费，官吏苞苴之费，恒数倍于政府之岁入，国民富力

---

① 梁启超. 饮冰室文集点校 [M]. 吴松，等点校. 昆明：云南教育出版社，2001：623.

之统计，每人平均额不过七角一分有奇，……而外债所负，已将十万万两……"梁启超意识到处于内外"生计"压迫的国民，是造成"民德之腐败堕落，每况愈下"的原因之一，于是养成今日之国民民德，即"虚伪、褊狭、贪鄙、凉薄、谄阿、暴弃、偷苟之恶德，即已经数十世纪，受之于祖若宗社会之教育"。

第五，"旧学渐灭，新学未成，青黄不接，缪想重叠"。梁启超认为较之上述四点原因，"学术匡救之无力"是"养成国民大多数恶德之源泉也"。在这里，梁启超对于中、西之学分别进行反省：对于国内"破坏主义"的担忧，倡导非到迫不得已的形势下不可以轻易言论破坏，这里实为更多对于国民道德教育现状的堪忧；而对于西方学说，认为中国"久经腐败之社会"，不宜遽然移植，正因为诸如"一小部分之青年"毫无保留地完全接受，最终导致自由学说不但不能使幸福得以增长，反而成为破坏秩序的始作俑者；平等学说同样不能真正实践平等的义务；竞争学说也没能有效地抵御外辱，反而使得国人内部出现混乱；权利学说偏偏引发出国人的私利观；破坏学说以其横扫一切的口号对于中国传统文化予以全方位的否定，其中最具代表性的莫如功利主义学说对于国民价值观的影响，因而梁启超主张以王阳明的《拔本塞源论》为源，彻底根除这股功利主义势头。①

梁启超有感"一切破坏"主义充斥于全国尤其是广大青年之中，"……而今之走于极端者，一若惟建设为需道德，而破坏则无须道德……"，又如"今之言破坏者，动曰一切破坏"，针对这一极端言论与

① 梁启超. 饮冰室文集点校 [M]. 吴松, 等点校. 昆明：云南教育出版社，2001：
633-634.

行为，梁启超明确表达自己的观点："鄙人窃以为误矣！""此謷言也"，同时这也是对于自己早前持同样想法的矫正。

2. 以中国固有之旧道德为文化根基是回归，亦是已然背离了传统

关于梁启超在《新民说》"论私德"部分中思想出现的重大转变，即梁启超回归中国传统文化，对之前"破坏主义"进行反省，"私德"论以中国固有之旧道德为文化根基，针对这一思想转变，学界大致呈现如下研究视域：①

台湾著名学者黄克武以《新民说》为据针对梁启超由破坏渐趋保守，其中在"文化修改"方面，关于梁启超在1903年以"论私德"开始转向中国传统文化这一倾向总结了目前学界存在两种研究态势，一种认为梁启超思想大部分已经离开了传统②；另一种如黄克武、张朋园所言，认为实际上"传统的观念"对于梁启超来讲仍是居于主导地位的，他是站在中国传统文化的视野上来吸收西方的文化观念，进而形成自己的新观点。③

黄克武从思想史的视角认为中国二十世纪初有两条路径，其中以梁启超为代表的路径，很能代表私德说以中国固有文化为根基，黄克武认为"儒家传统对个人的尊重，尤其是王阳明的良知观念，是梁启超非

---

① 黄克武.近代中国的思潮与人物［M］.北京：九州出版社，2016：175；黄克武.一个被放弃的选择：梁启超调适思想之研究［M］.北京：新星出版社，2006：25-50.

② 黄克武.近代中国的思潮与人物［M］.北京：九州出版社，2016：175；黄克武.一个被放弃的选择：梁启超调适思想之研究［M］.北京：新星出版社，2006：25-50.

③ 黄克武.近代中国的思潮与人物［M］.北京：九州出版社，2016：175；黄克武.一个被放弃的选择：梁启超调适思想之研究［M］.北京：新星出版社，2006：25-50.

穆勒主义式的个人自由观之基础"，由此，黄克武写了一系列以"王学"为切入点的系列文章。其基本观点是："在中国传统思想方面，'新民'的观念奠基于他对经典与历史的熟悉，与对儒家道德观念的肯定"，同时黄克武认为："当然，实现现代性的理想'新民'的人格建构，我们不能忽视西方尤其是日本文化对其的重要影响。"①

再如胡代胜在《梁启超〈新民说〉的文化寻根》一文中认为梁启超倡导"新民德""开民智"和"鼓民力"三个命题的思想来源是中国传统文化的"真、善、美"，但是胡代胜在文章结尾认为梁启超"新民"是"西体中用，西学为主，中体为辅"，并且认为二十世纪二十年代梁启超回归中国传统是一种落后的文化思想。

我们再来看梁启超在《新民丛报》发刊词中说："本报取《大学》新民之义，以为欲维新我国，当先维新我国民，中国所以不振，由于国民公德缺乏，智慧不开，故本报专对此病而药治之，务采合中西道德以为德育之方针，广罗政学理论，以为智育之原本。"② 其中明确表示对国民进行道德教育（更多指向私德），以"吾祖宗遗传固有之旧道德"为基础。

紧接着梁启超继《新民说》之后，《德育鉴》《节本明儒学案》《松阴文钞》等均是依循此方向而节录的相关著作，即以中国传统文化为文化根基，强调对国民"心""致良知"等精神层面的道德教育。例如，梁启超在《德育鉴·例言》中："鄙人关于德育之意见，前所作

---

① 黄克武. 近代中国的思潮与人物 [M]. 北京：九州出版社，2016：175；黄克武. 一个被放弃的选择：梁启超调适思想之研究 [M]. 北京：新星出版社，2006：25-50.

② 石云燕. 梁启超与日本 [M]. 天津：天津人民出版社，2005：234.

《论公德》《论私德》两篇既已略具，本书即演前文宗旨，从事编述。"
又如，"本编所抄录，全属中国先儒学说，不及泰西，非敢贱彼贵我
也。浅学如鄙人，于泰西名著，万未窥一，凭借译本，断章零句，深惧
灭裂以失其真，不如已已。……治心治身，本原之学，我先民所以诏我
者，实既足以供我受用而有余。"①

根据《新民说》的文本阐释以及借鉴相关学者的观点，我们认为
梁启超自始至终也没有抛弃中国传统文化（关于"公德"相关阐释前
文已论述，在此不再赘述），相较于"公德"，"私德"是梁启超回归中
国固有旧道德最为有利的证明，是"无论下若何猛剂，必须恃有所谓
'元神真火'"，是"淬厉其所固有"文化修改理念的继续。②

梁启超以中国传统文化为根基的道德教育，正如学者张灏所言：
"与其说是一种新的开端，毋宁说是早已潜伏在他的思想里的某些基本
倾向的终极发展。"③又如学者黄克武所讲的："就《新民说》在梁启
超思想发展上来说，本书以为梁启超思想表面上'流质易变'，但实际
上也有根本不变的一些特质，所以我们可以发现他一方面有不同的思想
阶段，从激烈转向保守，另一方面也有许多思想上的连续性。"④对于
早前传统文化实行一切"破坏主义"以建构一种"新道德"的反思基
础上的梁启超，新民时期较之二十年代虽然没有如此强硬的表示回归中

① 梁启超. 德育鉴 [M]. 北京：北京大学出版社，2011：3-6.
② 梁启超. 饮冰室文集点校 [M]. 吴松，等点校. 昆明：云南教育出版社，2001：630.
③ 黄克武. 一个被放弃的选择：梁启超调适思想之研究 [M]. 北京：新星出版社，2006：30.
④ 黄克武. 一个被放弃的选择：梁启超调适思想之研究 [M]. 北京：新星出版社，2006：36.

国传统文化，但是我们认为以中国传统文化为源泉启蒙国民是梁启超自始至终的文化坚守。

3. 个性主义观念的崛起

梁启超关于个性主义观念主要表现在"公德"与"私德"关系的阐释上，这一观点为后来的研究者提供两种不同的研究视域；一是以张灏为代表认为梁启超在这一时期的完全人格建构、公德与私德关系的阐释以及"私德"教育最终是为了"公德"教育的更好发展，而这一切的最终旨归是为了建立集权制的国家主义政权；另一研究视域是以台湾著名学者黄克武为代表，认为"梁启超重视自我，强调使个人人格得到更高的发展"的同时，"群与己有相互依赖的密切关系，而在此关系中个人有很根本的重要性"。①

通过文本细读，我们赞同黄克武的观点。梁启超"新民"思想首先保障个人受教育的权利，例如关于对国民进行"民德、民智、民力"的文化教育，彰显个性主义观念，倡导个人"自治自助"，即人人接受"民德、民智、民力"教育理念。在这里，梁启超"以一家譬一国"，与"一国"比照，"一家"则代表"个体"；而"一家"与"子妇弟兄"比照，"子妇弟兄"则代表个体，梁启超讲道："苟一家之中，子妇弟兄，各有本业，各有技能，忠信笃敬，勤劳进取，家未有不浡然兴者。"通过新一人，新又一人，最终实现各自新，借用孟子的话，即"子力行之，亦以新子之国"。然而梁启超"偏重"于"群"的群己观更多是出于国家的"内治"与"外交"所面临的危机实况，"内治"

①　黄克武. 一个被放弃的选择：梁启超调适思想之研究［M］. 北京：新星出版社，2006：33.

主要是指由于中国国民文化程度低，不能适应梁启超理想中欲建构的"新制度""新政府"和"新国家"；外交方面，民族帝国主义虎视眈眈，梁启超认为如果民族帝国主义"一旦窥破内情"，即我"东方大陆，有最大之国，最腴之壤，最腐败之政府，最散弱之国民"，那么"移其所谓民族帝国主义者，如群蚁之附……，如万矢之向的，杂然而集注于此一隅"①。

《新民说》时期梁启超"民德、民智、民力"的文化教育理念、"淬厉与采补"的中西文化观以及提倡借鉴西方进化论、竞争、功利主义乃至破坏主义的观点，无不是梁启超救国、爱国思想的一以贯之。

梁启超以文化教育的途径改造国民，正如现代著名理论家英格尔斯在其《人的现代化》论著中以"人的现代化研究起因：国家落后也是一种国民的心理状态"作为该论著的导论题目，他认为衡量一个国家的"落后和不发达"不应该仅仅以经济的视角来评判，它也包含着对于这个国家"国民的心理和精神"的整体考虑。② 英格尔斯的这一论断，以严复、梁启超为代表的中国知识分子早在晚清就已经深深地感悟到，即欲救国先救民的道理，因为"国民是国家的主体，有什么样的国民，便有什么样的国家和制度"③。清末民初包括梁启超在内的知识阶层一致表示导致中国落后、贫穷的根源就是广大国民文化水平如此欠缺，因此开启"民力、民智、民德"的文化教育之路，改造国民性，

---

① 梁启超. 饮冰室文集点校［M］. 吴松，等点校. 昆明：云南教育出版社，2001：549.
② 英格尔斯. 人的现代化［M］. 殷陆军，编译. 成都：四川人民出版社，1985：3.
③ 梁启超. 饮冰室文集点校［M］. 吴松，等点校. 昆明：云南教育出版社，2001：670.

最终培养理想"新民",这一以文化教育路径的爱国、救国理念彰显中国知识分子由科技、政治到文化启蒙(人)现代化建构的艰辛摸索历程,同时也是梁启超个人由改革(维新)、革命(自立军运动)到文化新民(文化启蒙)的探寻之路,终于进入文化启蒙的自觉时代,看到了文化传播的价值,如梁启超在《论学术之势力左右世界》中所言:"凡我人类所栖息之世界,于其中而求一势力之最广被而最经久者,何物乎?将以威力乎?……然则天地间独一无二之大势力,何在乎?曰智慧而已矣,学术而已矣。"

通过《新民说》中关于以德育为核心的文化教育思想之考察,诸如关于道德教育起于《新民说》时期;对于"中国固有之旧道德"自始至终都没有抛弃;"治心治身"(正本、慎独、谨小)即人之精神层面的教育,即情感教育的触碰;个性主义观念的崛起;以及《新民说》时期的道德教育彰显"相人偶"的特点等,这些文化教育观念将为我们沿此路径进一步深入地探究提供诸多研究视点。

(五)小说教育"新民"——"小说界革命"时期对于文学审美现代性的不自觉追求

"小说界革命"时期的梁启超其最为鲜明的文学教育范式就是通过小说教育广大国民替代了中国传统文论中的为封建统治者服务的专一性。这一时期小说教育成为理想"新民"完全人格建构的重要文学驱动力之一,"欲新一国之民,不可不先新一国之小说","欲新民,必自新小说始"。①

---

① 陈平原,夏晓虹. 二十世纪中国小说理论资料 [M]. 北京:北京大学出版社,1997: 50-54.

梁启超小说教育"新民",虽然最终目的是功利的、是为其政治理想服务的,但是我们从文学审美现代性的视角来考量,首先小说的通俗性有利于普及教育;其次通过小说"熏""浸""刺""提"国民之后达到梁启超理想的"新民"。① "小说界革命"时期梁启超所触及文学现代性审美本质的属性,离不开对于西方文化的借鉴,即"人们对现代化便有一种含混而坚定的'态度的同一性'——那就是向西方学习"②,因此"如果不能将它的出现置于近代特有的中西文化背景之下来考察,则很难真正挖掘出这一文学价值观在中国近现代文论发展史中的意义,也就不能给它以科学的定位"③。例如 1902 年左右梁启超受民族主义思潮的影响成为使得文学成为"改造国民性"的专一政治工具论,开启"建构国民性"的文化属性,使得文学进入文化领域,回归文学的本质成为可能,这一文学审美属性在 1915 年左右更加成熟。④ 又如,梁启超于 1903 年游历加拿大、美国之后,亲历美国民主共和的虚伪以及工业化大生产造成的人性的扭曲,进而反思现代性的触角已然萌生。

这一时期文学审美现代性主要表现在情感激发"新民"的维度上,梁启超认为情感需要"被引导""被激发",那么情感怎样被引导、被激发,通过什么载体呢?小说具有能够把人的"为哀、为乐、为怨、为怒、为恋、为骇、为忧、为惭"的"人之恒情""和盘托出",继而用小说之四种力,即"熏""浸""刺""提",通过"熏""浸"把读

---

① 吴嘉勋,李华兴.梁启超选集 [M].上海:上海人民出版社,1984:350-351.
② 杨联芬.晚清至五四:中国文学现代性的发生 [M].北京:北京大学出版社,2003:4-5.
③ 赵利民.中国近代文学观念研究 [M].济南:山东文艺出版社,1999:146.
④ 张冠夫.从"新民"之利器到"情感教育"之利器——梁启超文学功能观的发展轨迹 [J].上海交通大学学报(哲学社会科学版),2013(01):89-92.

者的情感引导出来，继而通过"刺""提"使读者的情感被充分激发，从而达到文学移人。①

梁启超看到了小说具有导出"情感"的属性，小说通过"可惊、可愕、可悲、可感"使读者深深为之感动进而成为民众最为喜欢的文学读本。②虽然梁启超认识到了小说具有"情感""四种力""文学移人"的美的属性，但是这种认识还只能说是一种艺术直觉，最终都是为了迎合他的文学新民的政治主张，是伴随着梁启超改良群治、新民的主张应运而生的，即"欲改良群治，必自小说界革命始；欲新民，必自新小说始"③。这种"新小说"的社会功利观在1915年梁启超发表的《告小说家》中依然承续着，通过小说"熏""刺"的情感作用，力主文学新民的社会教育。

但是作为文学新民"新小说"以及"政治小说"具体在进行普及阅读的过程中，这其中就涉及了读者趣味的实际问题，"新小说"在自我调整的过程中，虽然"新小说""教诲"的本质依然没变，但是在以小说政治工具论为文学思潮的主流下已然存在着"为艺术而艺术""为娱乐而艺术"的萌芽，如小说"满足吾人之美的欲望"；④又如"小说者，文学之倾于美的方面之一种也"⑤。这些认识到小说审美主体价值的作家、批评家虽然还无法抗衡文学功利潮流的主脉，但至少让我们看

---

① 梁启超作品精选［M］.童秉国，选编.武汉：长江文艺出版社，2005：240.
② 梁启超作品精选［M］.童秉国，选编.武汉：长江文艺出版社，2005：239.
③ 梁启超作品精选［M］.童秉国，选编.武汉：长江文艺出版社，2005：241.
④ 陈平原，夏晓虹.二十世纪中国小说理论资料［M］.北京：北京大学出版社，1997：235.
⑤ 陈平原，夏晓虹.二十世纪中国小说理论资料［M］.北京：北京大学出版社，1997：234.

到了小说终有一天会破茧而出，突破政治工具论的羁绊，独立展现自身审美属性的魅力，所以从当时激烈的社会时势以及新旧小说交替的文学观念变更下都已难能可贵。

二、孔子教义实际裨益于今日国民者，即养成人格

（一）"调和"两种悖论思潮，确立合理人格教育观

梁启超在《复古思潮评议》一文中概括辛亥革命后中国大地的时局："其间桀黠轻儇之辈，复乘此嬗蜕抢攘之隙，恣为纵欲败检之行，乃益在在。若起社会之厌苦，而予人以集矢之的。一年以来，则其极端反动力之表现时代也。"① 其中，表现在文化思潮领域，孔教论争问题尤为激烈，也就是"儒家传统与中国现代化的基本疑难，即儒家传统是否适合民国建立之后的新环境？其中孔教争论正是直接反省这个问题而出现的激烈论战"②。

梁启超在《复古思潮评议》开篇针对蓝公武的《论辟复古之谬》一文，认为"洵诡激而失诸正鹄"，"蓝君之论最骇人听闻者，彼对于忠孝节义，皆若有所怀疑，而对于崇拜孔子，亦若有所不慊"。梁启超针对蓝君的相关言论讲到"此其持论诚偏宕而不足为训也"，认为"忠孝节义"只是道德的抽象名词，梁启超认为蓝公武把"忠孝节义与复古并为一谈"，"以厌恶复古故而致疑于忠孝节义"，"实诡激而失正鹄"；梁启超接着讲道："且试思我国历史，若将孔子夺去，则黯然复

① 梁启超. 饮冰室文集点校［M］. 吴松，等点校. 昆明：云南教育出版社，2001：2558.
② 黄克武. 近代中国的思潮与人物［M］. 北京：九州出版社，2013：307.

何颜色？且使中国而无孔子，则能否抟揽此民族以为一体，盖未可知。果尔，则两千年来之中国知作何状？"

那么，我们是否就此可以判定梁启超此时紧紧跟随其师康有为的孔教派，主张把儒学改造为一种宗教，并且把其定为国教呢？其实不然。例如，梁启超认为"竺旧之徒"是"迁流之势，不轨于正"；又如，"是故吾辈自昔固汲汲于提倡旧道德，然与一年来时流之提倡旧道德者，其根本论点，似有不同"①。由此，我们认为梁启超并不是逆时代潮流的孔教派，早在 1902 年《保教非所以尊孔论》就已经明确表示反对孔教，关于梁启超放弃康有为推崇的孔教运动，应该感谢严复，早在 1896 年，严复致信梁启超"教不可保，而亦不必保"，梁启超在其回信中"读至此则据案狂叫，语人曰：'不意数千年闷葫芦，被此老一言揭破。不服先生之能言，而服先生之敢言之也'"。紧接着，1902 年梁启超致函康有为说："且弟子实见夫欧洲所以有今日者，皆由脱教主之羁轭得来，盖非是则思想不自由，而民智终不得开也。"因此，他明确地向康有为宣称："孔学之不适于新世界者多矣，而更提倡保之，是北行南辕也。……弟子意欲以抟破罗网，造出新思想自任，故极思冲决此范围。"②

然而也不是如蓝公武、陈独秀般"全法欧美而尽弃国粹"的激进派，③ 梁启超认为："蔑古论昌，则复古论必乘之；复古论昌，则蔑古

---

① 梁启超．饮冰室文集点校［M］．吴松，等点校．昆明：云南教育出版社，2001：2558.

② 论中国传统文化的转型——杜维明、陈振江教授对谈录［J］．南开学报（哲学社会科学版），2002（03）：9

③ 黄克武．近代中国的思潮与人物［J］．北京：九州出版社，2013：311.

论又必乘之。以极端遇极端，累反动以反动，则其祸之中于国家社会者遂不可纪极。"① 因此，在这场孔教争论之中彰显梁启超一以贯之的文化"调和"理念，正如著名学者黄克武先生详细分析民国初年孔教问题之争论以后而做出的精辟的见解："孔教会之中有一些人参与复辟，但是也有一部分人与复辟事件并无关系，甚至还有一些人反对复辟。他们尊孔的动机只是单纯地为了维护儒家传统，挽救道德堕落。"② 这是对于梁启超在这一时期"尊孔"活动最为准确的概括。

关于"德育之意见"，梁启超认为"道德本无新旧可言"，"吾以为诚欲昌明孔子教旨，其第一义当忠实于孔子，直译其言，无所减加，万不可横己见杂他说以乱其真；然后择其言之切实而适于今世之用者，理其系统而发挥光大之，斯则吾侪诵法孔子之天职焉矣"③！

（二）以"孔子教义第一作用实在养成人格"作为人格教育之文化根基

梁启超承续自己一贯的文化择取原则，即以儒学为文化源泉，"盖中国文明实可谓以孔子为之代表"④，这是梁启超继《新民说》时期道德教育以"中国固有之旧道德"为源泉的承续，是情感教育的进一步明确与深化，是决心弃政从文对于中、西文化"择"的文化理念的表达，同时也是对时下孔教争论两种偏激言论的矫正。

---

① 梁启超. 饮冰室文集点校［M］. 吴松，等点校. 昆明：云南教育出版社，2001：2561.

② 黄克武. 近代中国的思潮与人物［M］. 北京：九州出版社，2013：329.

③ 梁启超. 饮冰室文集点校［M］. 吴松，等点校. 昆明：云南教育出版社，2001：2564.

④ 梁启超. 饮冰室文集点校［M］. 吴松，等点校. 昆明：云南教育出版社，2001：2562.

　　梁启超把孔子教义分为三类并且通过比较最后得出结论："孔子教义，其实际裨益于今日国民者，固别有在。何在？则吾前举第三种所谓教各人安身处世之道者是已"，"更以近世通行语说明之：则孔子教义第一作用实在养成人格"。由此可见，梁启超以孔子教义为文化根基的人格教育思想是继《新民说》时期以"中国固有旧道德"观念"新民"的进一步成熟与深入。我们联系二十世纪二十年代游欧归来的梁启超反观国内学校"精神饥荒"而倡导的精神生活教育主要致力于"人格的互发"，实为人格教育，梁启超认为孔子的人格教育作为精神教育的层面，在"人之生理与其心理"方面，"察之最明，而所以导之者最深切，故其言也，措诸四海而皆准，俟诸百世而不惑，岂唯我国，推之天下可也。岂唯今日，永诸来劫可也。夫古今东西诸哲之社教者，曷尝不于此三致意。然盛美备善，则未或逮孔子"①。

　　梁启超进一步讲到，"人格"一词译成中文为"君子或士君子"且"固若有一种无形之模范以示别于君子与非君子"，"吾深信吾国所谓君子者，其模范永足为国人所践履"②。倡导以孔子为模范，通过人格教育达到"君子"，这正是梁启超自《新民说》时期就明确表示"乡愿的道德""不足取"，而始终以"君子的道德"要求自己的承续。③

---

① 梁启超. 饮冰室文集点校 [M]. 吴松，等点校. 昆明：云南教育出版社，2001：2565.
② 梁启超. 饮冰室文集点校 [M]. 吴松，等点校. 昆明：云南教育出版社，2001：2566.
③ 黄克武. 近代中国的思潮与人物 [M]. 北京：九州出版社，2013：183.

三、最高情感教育之"仁者不忧"

游欧归来的梁启超有感学校的知识传授者仅仅是每天忙于将知识无限制地装进学生的脑袋里，根本没有意识到精神层面的文化传播是目前学生急切需要的食粮，正如锡德尼在《为诗辩护》中所说的那样，当人们还不能真正地把知识看成是一种"乐趣"，还不能理解知识到底能给人们带来什么好处的时候强行地灌输"巨大的知识"是没有什么价值和意义的。① 梁启超有感"为学的首要，是救精神饥荒"。那么，我们就要问了，梁启超所指的精神层面（"安身立命之具"）的教育具体内容到底是什么？对此梁启超在《五十年中国进化概论》一文中回顾中国近代化的探索之路之"第三期，便是从文化上感觉不足"，而解决这一文化之不足的主要内容便是"渐渐要求全人格的觉悟"；接着在《为创化文化学院事求助于国中同志》一文中梁启超更加明确地讲到"精神方面力求人格的互发"（"互发"：团体意识)②，在这里梁启超对于精神教育的堪忧直指学生的人格教育问题，救精神饥荒即为救人格教育的饥荒。由此，二十世纪二十年代梁启超关于国民健全人格建构的阐释历经《新民说》时期的"德育"以及1915年左右的人格教育进一步明确和深化，诸如梁启超是以儒家"仁"的人生观为源泉，以"人格"来释"仁"，"仁"具有"相人偶"的特性，"普遍人格"彰显个性主义观念。

此外，梁启超人格教育理念还表现在把英国、剑桥作为榜样，梁启

---

① 锡德尼. 为诗辩护［M］. 钱学熙，译. 北京：人民文学出版社，1964：6.
② 梁启超文存［M］. 刘东，翟奎凤，选编. 南京：江苏人民出版社，2012：390.

超讲到这两所学校都注重人格教育的培养，并把智识教育放在次要的位置上，认为人格教育是人们在团体生活中所必不可少的要素。①

接下来我们要探讨的是梁启超在二十年代的人格教育有何特点，怎样进行人格教育，进一步来讲就是依托的具体文学教育载体又是什么。

这一时期梁启超以"人格"释"仁"，而情感教育"要教导仁不忧"，因此人格教育即为情感教育。这一时期关于情感教育的内涵即为梁启超所探究的"怎么样才能不忧呢"② 的问题，即"情育要教导人不忧"③。在这里，梁启超认为只有"仁者"才能做到并且体会"不忧"，因而情感教育实为培养"仁者"的过程。

那么，"仁者"是什么样的？怎样才能成为"仁者"呢？对此梁启超说如果想要知道究竟，前提是要知道中国传统哲学中人生观具体是什么样的，因为对于"仁"的把握"儒家人生观的全体大用都包在里头"，儒家的人生哲学是"陶养人格至善之鹄"，纵观中西文化流派仍然彰显其独有的魅力，希望将其"发挥广大"④。

由此，我们只要知道"仁"的内涵和特征，就能体味梁启超所认为的儒家人生观的"全体大用"，那么"'仁'到底是什么？"

（一）孔子人格主义哲学建构——相人偶的人格主义

关于人格的"相人偶"，梁启超早在《新民说》时期就已讲到"德之所由起，起于人与人之交涉"，并在《新民说》的"私德"篇中说：

---

① 夷夏. 梁启超讲演集［M］. 石家庄：河北人民出版社，2004：118.
② 梁启超. 饮冰室文集点校［M］. 吴松，等点校. 昆明：云南教育出版社，2001：3334.
③ 梁启超. 饮冰室文集点校［M］. 吴松，等点校. 昆明：云南教育出版社，2001：3333.
④ 梁启超文存［M］. 刘东，翟奎凤，选编. 南京：江苏人民出版社，2012：389.

"人者，动物之能群者也。置于物竞之场，独立必不足以自立，则必互相提携，互相防卫，互相救恤，互相联合，分劳协力，联为团体以保治安。"① 到了二十世纪二十年代年的《欧游心影录》时期，梁启超更加明确地讲到人格与社会是"共通的"，自己的人格和整体的人格圆满始终是辩证统一的，人格绝对不是孤立存在的。② 又如："'仁'字，从二人；郑玄曰：'仁，相人偶也。'非人与人相偶，则'人'的概念不能成立。故孤行执导，绝非儒家所许。"③

梁启超的人格主义观念自始至终都是以儒学为源泉的，是传统儒家"内圣外王"人生观的发展与创新④，是一种与时俱进的儒学发展观、突破传统的自我狭隘观念（己为群服务）。此外这一人格主义彰显中西文化的"化合"观，具有为"人类全体有所贡献"的世界人文主义关怀。⑤

依据梁启超所言："人格完成就叫作'仁'"，以及"仁者，人也。"⑥ 也就是说完成健全人格的前提必须是成为一个"人"，那么按照梁启超的观点"总要"通过以情感教育为核心的智育、情育和意育的

---

① 李喜所．梁启超与近代中国社会文化［M］．天津：天津古籍出版社，2005：407．
② 梁启超文存［M］．刘东，翟奎凤，选编．南京：江苏人民出版社，2012：9．
③ 梁启超文存［M］．刘东，翟奎凤，选编．南京：江苏人民出版社，2012：379－380．
④ 解光宇．儒家人生观及其现代价值［M］//纪念孔子2565周年诞辰国际学术研讨会暨国际儒学联合会第五届会员大会论文集之（二）．北京：国际儒学联合会，2014：658．
⑤ 梁启超文存［M］．刘东，翟奎凤，选编．南京：江苏人民出版社，2012：27．
⑥ 梁启超．饮冰室文集点校［M］．吴松，等点校．昆明：云南教育出版社，2001：3334．

三达德教育"才能成一个人",① 在此基础上健全人格得以完成,根据梁启超"相人偶"的人格观,"普遍人格之实现"②。

梁启超讲到"仁"是"儒家人生观的全体大用",依照健全人格完成之后"就叫作仁"的观点,因此在梁启超这里健全人格与儒家人生观接轨,即"我的人格和宇宙无二无别"③。然而使得二者之间合一的桥梁是以情感教育为核心的三达德教育,凸显三达德教育对于健全人格完成的重要文化价值,梁启超进一步讲到情感教育(仁者不忧)的基础就是以不忧得失、不忧成败的儒家人生观为基础,认为最高的情感教育就是实现高尚美满的生活状态。

梁启超的情感教育(学问观)与人生观达到完美契合,因而再次烛照出梁启超人生哲学思想之现于学问观的路径。关于这种"仁"的儒家人生观的具体特征,我们在人生观建构部分已经做了详细阐释。体味到了这一"仁"的儒家人生观,我们最终就能达到"最高的情感教育"目的,即生活的"趣味化""艺术化"。

梁启超讲到,"治国学的两条大路",其中一条是"德性学","即人生哲学是",因为"仁"是"儒家人生观的全体大用","人格完成就叫作'仁'"以及情感教育即人格教育,因此"德性学"实为人格教育的内容,梁启超进一步讲到,"此学应用内省即躬行的方法来研

---

① 梁启超. 饮冰室文集点校 [M]. 吴松,等点校. 昆明:云南教育出版社,2001:3333.

② 梁启超. 饮冰室文集点校 [M]. 吴松,等点校. 昆明:云南教育出版社,2001:3334.

③ 梁启超. 饮冰室文集点校 [M]. 吴松,等点校. 昆明:云南教育出版社,2001:3334.

究"，而文学恰恰是通过"赏玩"之后能够"涵养自己的高尚性灵"，即"诗的趣味，最要陶养"①。正如陈平原讲道："'文学'当然也很重要，但主要是修养，而不是技艺。"② 因此二十年代梁启超确立以情感教育为核心的文学教育思想希望国民享有"趣味化""艺术化"的生活状态，从而彰显文学与人生的和谐统一。

（二）个性主义之自觉

梁启超在《欧游心影录》中提出"人格""个性发展""自由意志"等具有现代性标志的"个人主义"词语，并设有"尽性主义"专章来讨论"发展个性"的重要性；再如，梁启超以孔子人格主义哲学为基础认为人格教育最终之鹄"使人人有士君子之行"，然而前提是"人"之独立，即"故今日中国，凡百事业与其望诸国家，不如望诸社会，与其望诸社会，又不如望诸个人"。正如鲁道夫·欧肯所讲的："工作，现代生活构成的核心，曾经强化了我们的灵魂。而现在，我们意识到，现代工作的巨大发展弱化了，甚至粉碎了人们的灵魂。这必然会刺激灵魂进行防御，去抵抗社会的文明，否定社会成果的价值。同时，个体也竭尽全力去解除他与社会的关系。个体的目标变成了要获得完全自由，要尽情地'活出自己'，要使自己的特点鹤立鸡群，要将自己从人群中划出界线。"③

第一，彻底思想解放。梁启超主张打破"曾经圣人口，议论安敢

---

① 梁启超文存［M］. 刘东，翟奎凤，选编. 南京：江苏人民出版社，2012：143.
② 陈平原. 作为学科的文学史——文学教育的方法、途径及境界［M］. 北京：北京大学出版社，2016：120.
③ ［德］鲁道夫·欧肯. 近代思想的主潮［M］. 高玉飞，译. 合肥：安徽人民出版社，2013：301.

到"的传统观念，对于"国中老师宿儒"与"青年"关于"思想解放"的论战，梁启超主张在"自由批评"的语境下"互相浚发，互相匡正，真理自然日明"①。

梁启超在对"五四"青年寄予希望的同时，面对"五四"青年盲目崇西的学问观，在"思想解放""择"的基础上提出思想的"彻底解放"，梁启超敬告"五四"青年不要"拿马克思、易卜生的话当作金科玉律说他神圣不可侵犯，……现在我们所谓新思想，在欧洲许多已成陈旧，被人驳得个水流花落。就算他果然很新，也不能说'新'便是'真'呀"。② 这段话彰显了梁启超以中国传统文化为基础的学问观，即在"参考""采用"西学上要遵循不"盲从""不能把判断权径让给他"③ 的原则，彰显中西文化的"调和"理念。如果专从"学问而论"，以"不许一毫先入为主的意见束缚自己"作为"原则"，学问的"彻底解放"则表明梁启超对于早前尊崇的"泰西"之学的反省与校正。

第二，彻底思想解放的前提——"德性"的彻底解放。梁启超讲道："德性不坚定，做人先自做不成，还讲什么思想。但我们这德性，也受了无数束缚，非悉数解放，不能自立。"思想彻底解放首先需要德性的彻底解放，即"常常用内省工夫，体认出一个'真我'"。

梁启超为什么在提倡思想彻底解放的时候强调道德解放的重要，究其原因来自中、西方两方面原因。

---

① 梁启超文存［M］.刘东，翟奎凤，选编.南京：江苏人民出版社，2012：16-17.
② 梁启超文存［M］.刘东，翟奎凤，选编.南京：江苏人民出版社，2012：18.
③ 梁启超文存［M］.刘东，翟奎凤，选编.南京：江苏人民出版社，2012：18.

在梁启超看来，哲学和宗教本是人类"安身立命的所在"，从而人类有了"智的""情的意的"精神层面的标准，"虽然外界种种困苦，也容易抵抗过去"①。

现如今人类的内部生活，也就是精神生活所赖以生存的宗教和"旧哲学""即已被科学打得个旗靡辙乱"，"这些唯物派的哲学家，托庇科学宇下……把一切内部生活外部生活，都归到物质运动的'必然法则'之下"，②"硬说人类精神也不过一种物质，于是'自由意志''善恶'以及'道德标准'一样受'必然法则'所支配"，人类充斥在"纯唯物的纯机械的人生观"之下，信仰缺失，道德沦丧，个人欲望极度膨胀，弱肉强食。

而国内，晚清即已引进的功利主义、进化论思潮背后所隐含的"乐利主义、强权主义越发得势"③，一股物欲主义思潮在市民阶层大有泛滥之势。早在1902年梁启超在《乐利主义泰斗边沁之学说》中就已有所担心，正如杜亚泉在《精神救国论》所描述的那样，自从人们接受了"物质主义"以来，人们根本无暇顾及人生的目的、自然界的美好，在人的价值观内只有"优劣"和"胜败"，而无"善恶"和"是非"。除此之外还存有"解放思想就是破坏道德"说，对此梁启超此时也同"五四"人一样，反对旧道德，认为思想解放与"破坏道德""罪恶"的产生无关，希望通过彻底思想解放，"想披荆斩棘求些新条件给大家安身立命"。④

---

① 梁启超文存 [M].刘东，翟奎凤，选编.南京：江苏人民出版社，2012：2.
② 梁启超文存 [M].刘东，翟奎凤，选编.南京：江苏人民出版社，2012：3.
③ 梁启超文存 [M].刘东，翟奎凤，选编.南京：江苏人民出版社，2012：4.
④ 梁启超文存 [M].刘东，翟奎凤，选编.南京：江苏人民出版社，2012：17.

　　第三，关于个性主义观念。二十年代梁启超的个性主义观念是继续《新民说》时期公德与私德辩证关系的深入发展，这时期关于个性主义的阐述，梁启超在《欧游心影录》的"尽性主义"及"德性的"彻底解放等章节均有详细的论述。① 梁启超"尽性主义"观念，既不是西方"个人主义"的任性发展，也不再仅仅限囿于群与己、国家与个人观念上的民族主义国家的建构中，而是强调"个人的人格"与"社会的人格"的"化合"，彰显个人与社会、小我与大我二元格局的"调和"观念，正如狄百瑞在关于儒家的自我观念与西方的"个人主义"不同的论断中认为儒家的自我观念是"一种'人格主义'"，即"将个人放在与他人、历史和自然的有机关系中，在此基础上，实现个人的自主发展"②。狄百瑞关于儒家自我观念的阐释更加有助于我们理解梁启超的"人格"观，持此相同观点的还有著名学者许纪霖，他认为除以"五四"人为主流的科学的个人主义价值观以外，把梁启超的"个人主义"归入"无政府主义的个人主义"之列，③ 而这一"个人主义"彰显个人、国家与世界的和谐统一，④ 同时也如黄克武所认为的这一"个人主义"观首先保障个人独立，但绝不是个人主义的任性妄为，是"个人与群体"的辩证统一，并且在一定时期内以尊重群体的价值来彰显个人的自由。⑤

---

① 梁启超文存［M］．刘东，翟奎凤，选编．南京：江苏人民出版社，2012：15-19.
② 狄百瑞．中国的自由传统［M］．香港：香港中文大学出版社，1983：43.
③ 许纪霖．个人主义的起源——"五四"时期的自我观研究［J］．天津社会科学，2008（06）：115.
④ 梁启超文存［M］．刘东，翟奎凤，选编．南京：江苏人民出版社，2012：12.
⑤ 黄克武．一个被放弃的选择：梁启超调适思想之研究［M］．北京：新星出版社，2006：15.

第二节　文学情感教育说

　　文学情感，被梁启超视为"天下最神圣的"①，但是，情感是"盲目的"，也有"恶""丑"的一面，鉴于"古来大宗教家、大教育家、都最注意情感的陶养"，梁启超认识到文学情感需要"被引导""被激发"，由此提出文学"情感教育"说。② 他讲到艺术是"情感教育最大的利器"，音乐、美术和文学基本上包含了情感的所有本质特性。③ 我们可以这样理解这句话，梁启超的艺术观念里包含着音乐、美术和文学，他认为音乐、美术和文学是情感教育最大的利器，无疑文学是情感教育最大的利器之一。文学透过情感中"善的美的"成分对人类予以最大化的熏陶，以此驱赶人类心中丑的、恶的一面，进而发挥情感教育的作用。④ 文学家对于情感教育尤为看重，文学家通过以"善"和"美"作为情感主要内容修养自己，尽力向"高洁纯挚"的方向努力⑤，以此具备对于情感的善恶、美丑价值判断的能力，在此基础上，把自己经过陶养的情感通过作品传达给读者，并且在一定时间内占领读者的内心，这里梁启超已经把文学审美功能上升到了接受美学的高度，

---

① 梁启超．饮冰室文集点校［M］．吴松，等点校．昆明：云南教育出版社，2001：3430.
② 梁启超文存［M］．刘东，翟奎凤，选编．南京：江苏人民出版社，2012：204.
③ 梁启超文存［M］．刘东，翟奎凤，选编．南京：江苏人民出版社，2012：204-205.
④ 梁启超文存［M］．刘东，翟奎凤，选编．南京：江苏人民出版社，2012：204.
⑤ 梁启超文存［M］．刘东，翟奎凤，选编．南京：江苏人民出版社，2012：204.

在读者接受的过程中，文学家在作品中所流露的自身的人格修养、个性表达、价值观念以及情感衡量都会"不由自主"地"熏""刺"给读者，从而会不着痕迹地熏染给读者带有文学家主观因素的情感认同。①

第三节　文学情感教育烛照于具体研究
——推重中国情感诗教

梁启超对于文学情感的"嗜好"（文学本质的自觉要求）以及在此基础上提出的文学情感教育思想是通过具体对象研究予以实践的，具体表现在对于中国传统诗教的推重，关于"白话诗"的问题、诗歌情感表现方法的分类、诗歌的"理想派"与"写实派"以及从文学情感的角度对于中国古典诗人个案的探究等方面，这是挖掘中国传统文学"现代化价值"最为鲜明的表达，是对中国"抒情传统"的深刻思考，这是"抒情的"观念"应用空间""'越界'的能量"的显现，"'抒情精神'可以提升为美学的典范，成为不同媒介的艺术共同追求的一种理想"。②

梁启超在二十世纪二十年代尤为推重以中国古典诗歌为主体的情感教育途径，这是以中国传统文学为文化根基的情感教育思想的彰显，也

---

① 吴嘉勋，李华兴．梁启超选集［M］．上海：上海人民出版社，1984：350-351.

② 陈国球，王德威．抒情之现代性——"抒情传统"论述与中国文学研究［M］．北京：生活·读书·新知 三联书店，2014：14.（此处论点来源于陈国球在论述《'抒情'的传统》一文中关于"从'抒情诗'到'抒情的'"一节中，引用施岱格尔的《诗学的基本概念》中文学的文体形式由传统的"史诗、戏剧和抒情诗"转进"'史诗的''戏剧的''抒情的'"文学模式。）

是中国传统诗教超越政教工具论进入文学审美自觉，从而凸显文学自身独立价值，同时也是梁启超自身以文学批评家的视角通过对三大诗家的批评来发挥其传播情感诗教的目的，看到了中国古典诗学具有契合"时代精神"，即情感教育的价值。

梁启超在这一时期关于情感诗学教育（诗歌批评）主要呈现在《〈晚清两大家诗钞〉题辞》等文章之中，他讲到，"文学家最重要的是想象，""诗教"具有"温柔敦厚，乃是带有社会性"，同时具有"涵养性灵、调和情感"的不偏不倚、"不丰不觳"的价值。①

那么在 1902 年被誉为"文学之最上乘"的小说在这一时期则被打入了"冷宫"，例如在《国学入门书要目及其读法》中小说没有被列入其中，《〈晚清两大家诗钞〉题辞》中关于诗的广义的探讨也没有把小说纳入进来以及在《为什么要注重叙事文字》《中学国文教材不宜采用小说》《中学以上作文教学法》等文章中主张小说应从国文教科书中消失，明确表示要重于"情感之文"。② 可见二十世纪二十年代的梁启超告别了小说的通俗化阶段，进入了文学审美化、诗的高雅化的研究时代。

一、中国传统文学审美语境下之于"白话诗"的探究——《〈晚清两大家诗钞〉题辞》解读

梁启超于二十世纪二十年代年所做的《〈晚清两大家诗钞〉题辞》一文，在这篇文章中梁启超提出"白话诗"的问题，梁启超从中国传

---

① 梁启超文存 [M]．刘东，翟奎凤，选编．南京：江苏人民出版社，2012：448.
② 夏晓虹．阅读梁启超 [M]．北京：生活·读书·新知三联书店，2006：140-152.

统文学中寻根溯源，认为"中国文学革命的先驱"是"亚匏先生"和"黄公度先生"，并且把这两位先生的代表作"秋蝉吟馆诗"和"人境庐诗"看作"是中国有诗以来一种大解放"；认为"中国诗界大革命时候是快到了"。文中针对形式与内容两方面的构思、"旧体诗"形式的采纳、诗歌创作的倾向、"新诗""词调曲谱"以及"新诗"用韵等问题的探究在胡适《谈新诗——八年来一件大事》文章中均有详细的阐述，而且依时间先后来推算，梁启超的此篇文章关于"白话诗"的诸多阐述均是针对胡适的《谈新诗——八年来一件大事》而作，由此我们以胡适《谈新诗——八年来一件大事》为参照，来具体解读梁启超《〈晚清两大家诗钞〉题辞》一文。

（一）中国传统文学为主体的"文学革命"

梁启超开篇立场鲜明，即以中国传统文学为立足点，认为"中国文学革命的先驱"是"亚匏先生"和"黄公度先生"，并且认为这两位先生的代表作"秋蝉吟馆诗"和"人境庐诗""是中国有诗以来一种大解放"。梁启超在此启用"文学革命"这个术语，表明梁启超对于中国新文化主流以《新青年》为阵营掀起的这场"文学革命"是予以赞同的，并且文中针对"文学革命"的"白话诗运动"认为是"应该提倡"，"我并不反对白话诗"，对于"提倡白话"是"极高兴"的，是"文学界得一种解放"。①

但是我们需要明确梁启超与新文化主流关于"文学革命"的立足点是根本不同的，这也是梁启超写作此文的根据。

梁启超的"文学革命"从传统文学中溯源，其"诗学"体系建构

---

① 梁启超．饮冰室合集：第5册［M］．北京：中华书局，1989：77．

在中国传统文学的基础之上，正如文中关于"新诗"的创作源泉主张依据中国古典诗歌的两大范式，即"专玩味天然之美和专描写社会实状"，表现出从中国传统文学中寻根溯源的学术路径，即这种文学"素养"要靠"本国的旧根柢"，非本国的"技术"（修辞和音节）和"工具"（语言文字）"操练纯熟"不可。①

关于"新诗"秉承"天然之美"与"社会实相"，这是"理想与实用一致"观的延续②，是梁启超提倡应依文艺复兴的情感与理性之路的具体实践，同时也是文学"真"与"美"的彻底贯彻，同时梁启超关于"新诗"创作的新观点也是对"新学诗"时期"外来的学问都是好的"思维定式下，以"佛、孔、耶""非经典语不用"的反省与校正。

又如关于诗歌的分类问题，梁启超认为相较于欧人的长诗，中国古典诗歌"只因分科发达的结果"而"把诗的范围弄窄了"，诗专指"格律"，由此落下"中国诗家才力薄的证据"。梁启超因此提出把中国诗歌分为"广义的诗"和"狭义的诗"，并且提倡发展"不受格律的束缚"的"广义的诗"。他认为中国传统诗歌如果从广义的角度来看，与欧人的诗歌"没甚差别"。通过与欧人诗歌"没甚差别"的比照表明梁启超之于中国传统文学主体观建构的日渐成熟，在此基础上对于西方文学"择"的思想，同时也是对于自己早期文学观所呈现的一味崇西的自审与校正。③ 这与新文化运动的主流所秉持的观点截然不同，二者之

---

① 梁启超. 饮冰室合集：第 5 册［M］. 北京：中华书局，1989：71，79.
② 梁启超文存［M］. 刘东，翟奎凤，选编. 南京：江苏人民出版社，2012：26.
③ 梁启超. 饮冰室合集：第 5 册［M］. 北京：中华书局，1989：71.

间对于传统文学的回归与承续或是彻底否定是其关键因素。

而与之相对的胡适、陈独秀的"文学革命"观，他们主张从进化论的角度而唯"西洋榜样"，① 对中国传统文学"彻底""推倒"。在此语境下，胡适关于"新诗"的主张是反对"旧体诗"，认为"新诗"是建立在"新文学"语言白话以及文体自由基础上的"诗体的大解放"。胡适以自己的《尝试集》以及"文学革命"的主创们的具体诗作为例，认为"绝不是那旧式的诗体词调所能达得出的"。作为"文学革命"主干将的陈独秀，认为今后中国的"文学变迁""当趋向写实主义"，这一主张在《文学革命论》一文中具体予以明确，即认为中国古典文学是"陈腐的铺张的"，因而主张把它"推倒"，以此建立真实描写现实生活的"写实文学"，在这一文学倾向的总领下，主张从文学"进化"角度进行的"新诗""革命"偏于"朴素真实的写景诗"，强调作诗"语言之自然"。②

（二）关于"白话诗"

第一，"真诗"基础上实质与技术的"调和"。

梁启超在这里提出"真诗"的定义，即"只是独往独来，将自己的性情和所感触的对象，用极淋漓极微妙的笔力写将出来，这总算是真诗"。以此为基础，梁启超从文学审美维度以诗歌的"实质"（意境和资料）和"技术"（修辞和音节）两个层面进行诗歌的探究，并且认为"若没有好意境好资料，算是实质亏空，任凭怎样好的技术，也是白

---

① 陈平原. 触摸历史与进入五四 ［M］. 北京：北京大学出版社，2010：83.
② 胡适. 胡适全集：第 1 卷 ［M］. 合肥：安徽教育出版社，2003：1，16-17，160，163.

用；若仅有好意境好资料，而词句冗拙，音节佶屈，自己意思，达得不如法，别人读了，不能感动，岂不是因为技术不够，连实质也糟蹋了吗?"① 由此，我们可以看出梁启超关于诗歌的实质和技术两个层面彰显一以贯之的"调和"理念。

关于诗歌的形式与内容，胡适同样认为二者"有密切的关系"，但是这种密切的关系是有主次之分的，确切地说形式要服务于内容，要突破形式对于内容的束缚，这样内容才能充分表现出来，从这个角度来看，胡适认为他所倡导并实践的"新诗""革命"是一种"诗体的大解放"，因为诗歌终于打破了诗体的约束，可以随意地进行创作。

首先从诗歌的技术层面看，梁启超认为"诗是一种技术"，"美的技术"，而"修辞和音节就是技术方面的两根大柱"，诗歌通过"修辞和音节"呈现"意境"的氛围。"修辞"并不是"堆砌古典僻字""卖弄浮词艳藻"，而是"文从字顺""谢去彫凿"，讲究字句之间的"精严协调"，"令人读起来自然得一种愉快的感受。""音节"上提倡诗可以入乐，"古代的好诗没有一首不能唱的"。在具体创作中，首先摒弃"押险韵、用僻字"、"古典作替代语"（与胡适反对"用典"相似）、"美人芳草托兴深微"以及"律诗"；体裁上，以"调和"为宗旨，无论是长篇或是短篇，在以"调和"为原则的基础上各种问题都可以采用；词语的选择上，不关乎白话或是"俚语俚句"全部都可以使用，只要"调和"得恰当；文言文或是白话文，追求词语、句子的"显豁简鍊"、音节和谐；韵的使用没有必要句句都有，以朗朗上口为主要宗旨，但是诗歌中一定要有韵，没有韵就不能算作是诗歌了，并且强调白

---

① 梁启超. 饮冰室合集：第5册［M］. 北京：中华书局，1989：72.

话诗同样可以用韵，但必须注意两个条件，其一，白话诗的创作不必非用"俚字俗语"，而完全摒弃"文言"，以免造成"文字冗长"；其二，"语助词越少用越好"。① 关于"用韵"，胡适的观点是"第一，用现代的韵，不拘古韵，更不拘平仄韵。第二，平仄可以互相押韵，这是词曲通用的例，不单是新诗如此。第三，有韵固然好，没有韵也不妨。新诗的声调既在骨子里，——在自然的轻重高下，在语气的自然区分，——故有无韵脚都不成问题"。胡适认为"旧诗音节的精彩"，"能够容纳在新诗里"，"是新旧过渡时代的一种有趣的研究，并不是新诗音节的全部"，新诗的方向"自然的音节"，即"'节'中'句子的长短''句里的节奏'""'音'中的'平仄''用韵'"均以"自然"为尊。②

其次，从诗歌的实质层面看，即"意境和资料"，梁启超认为首先打破文人厌世的悲观心态以及"自命清高"③，以积极的心态关注现实。这点倒是与胡适关于"新诗的方法"主张"逼人的影像"，反对"抽象的写法"达成共识。④ 具体在诗歌的创作中主张融入"自己真性情"，提倡创作家遵循"性之所好"，因为"文学是一种专门之业"，主张"为文学而研究文学"。⑤

第二，文言与白话的"调和"。

以胡适为代表的新文化运动主创从文学进化论的角度认为"文学者，随时代而变迁者也"，主张不应该以中国古典文学为模仿的榜样，

① 梁启超. 饮冰室合集：第 5 册［M］. 北京：中华书局，1989：72，78.
② 胡适. 胡适全集：第 1 卷［M］. 合肥：安徽教育出版社，2003：170-172.
③ 梁启超. 饮冰室合集：第 5 册［M］. 北京：中华书局，1989：79.
④ 胡适. 胡适全集：第 1 卷［M］. 合肥：安徽教育出版社，2003：174.
⑤ 梁启超. 饮冰室合集：第 5 册［M］. 北京：中华书局，1989：79.

如果从历史进化的视角来看，中国古典文学是绝对不可能超过现代文学的，在此基点上认为"秦、汉、魏、晋""姚曾""韩欧"等"文学大家""皆为文学下乘"，主张"今日之中国，当造今日之文学"，"不作古人的诗，而唯做我自己的诗"，即"自己铸词"。对于"白话文"提出自己的观点，"吾主张今日作文作诗，宜采用俗语俗字"，并且以"死字"与"活字"来形容"文言"与"白话"之关系，认为"与其用三千年前之死字，不如用二十世纪之活字"。①

鉴于以上观点，梁启超认为"白话体"的改造是"绝不能完全脱离了""文言"的，并从文字工具论的角度阐述"白话"与"文言"的关系。首先，我们做文章的目的就是要把作者的情感和思想内容有效地传达给读者；其次，从读者的角度来说，一篇好的文章最基本的就是能够真正地吸引读者并使其有读下去的心情，在此基础上更好地领悟作品的思想内涵，由此得出"白话文"和"文言文"之间并没有严格的界限划分，认为使用"白话"作诗中国早已有之，使用"白话"与"文言"作诗，最明显的不同就是"文言文"作诗的时候使用的"语助词"要多一些，而"白话文"在作诗的时候可能会增加一些"复字"的使用，在这种情况下我们如果一味地排斥使用"文言文"作诗，那就真的不是解放了，怕是又走向了另一个极端了。② 而现今的"白话文"也采用"格律义法"，无形中又是回归到狭义诗歌"格律"束缚的老路去了，针对此种倾向，梁启超提出"文言白话""应采绝对自由主义"，"只要是朴实说理，恳切写情，无论"白话""文言"都可尊尚，主张

---

① 胡适. 胡适全集：第1卷［M］. 合肥：安徽教育出版社，2003：6-7，9，15.
② 梁启超. 饮冰室合集：第5册［M］. 北京：中华书局，1989：75-77.

诗歌"白话文言错杂并用，只要调和的好。"①

  （三）关于"纯白话诗"

  对于"白话诗"的创作，目前国内出现两种观点，一派是所谓的对于中国传统文化忠实的守护者们，自然他们是绝对反对使用"白话"进行诗歌创作的，而另外一派自然是广大青年学者们，又不约而同地走向了另一极，认为使用"白话"进行创作是历史发展的大势所趋，针对这两种极端倾向，梁启超认为"白话诗应该提倡"，在此基础上，从诗歌内容和技术两方面分别进行阐述。首先，从诗歌内容方面来看，评价一首诗歌的好与坏，内容起着非常重要的决定作用，如果真的有"好意境好资料"，不怕做不出好诗来②；其次，从诗歌技术方面来看，即修辞和音节之于"白话"和"文言"的具体运用上进行比较，从而得出用"纯白话"进行诗歌创作还处于不成熟阶段。具体来讲，从修辞上看，以"文义词约义丰为美妙"反衬"白话"较之文言的冗长，以"美文贵含蓄"反衬白话较之文言"浅露寡味""一览无余"以及做"纯白话诗""字不够用"；从音节上看，"不懂音乐"以及"纯白话"使用的诸如"的么了哩"的"语助辞""枝词太多"，由此，基于"纯白话"作诗在内容与"技术"上诸多的不成熟因素，梁启超认识到白话诗"恐怕要等到国语经几番改良蜕变以后"才能实行，也就是白话诗创作需要符合的条件，即国语需要等到与实践相糅合进而逐渐成熟以后才能使用，等到社会上的大多文言基本上都变成了"白话化"以

---

① 梁启超.饮冰室合集：第5册［M］.北京：中华书局，1989：77.
② 梁启超.饮冰室合集：第5册［M］.北京：中华书局，1989：73.

及"要等到音节大发达之后，作诗的人，都有相当音乐智识和趣味"①。这里提到的"白话文"存在诸如"字不够用""名词不够""形容词动词不够"等问题，在晚清"白话文"运动时期就早已显现，梁启超"文界革命"时期，虽然主张"以'俗语文体'写'欧西文思'"，但"巧妇难为无米之炊"，梁启超在"新文体"的具体创作上采用的是"浅近文言"。② 可以说，梁启超此文中关于"白话"与"文言"以及"纯白话"的主张，与其"新文体"时期具体存在的状况是一以贯之的；但是我们要清楚前后两个时期对于传统文学的主体观是根本不同的。

梁启超的《〈晚清两大家诗钞〉题辞》开辟了中国古典诗学与现代诗学相互契合的维度，梁启超"白话诗"的主张以其"不丰不觳"的"调和"心态，有效地"调和"着新文化运动主体之于"文言"与"白话"的"极端言论"，使其"化干戈为玉帛"，有利于正处于建构期的中国现代诗学体系避免"急功近利"，从而彰显其"温柔敦厚"的诗骚传统。

二、情感诗教之于三位诗人及其作品的解读——以胡适《白话文学史》为参照

梁启超之所以会在二十世纪二十年代如此推重中国古典情感诗学的价值以及之所以选择杜甫、屈原和陶渊明三位个案进行文艺批评，是因为中国传统诗学和这几位诗人及其作品中蕴含着梁启超长期累积的

---

① 梁启超.饮冰室合集：第5册［M］.北京：中华书局，1989：75.
② 夏晓虹.诗骚传统与文学改良［M］.杭州：浙江文艺出版社，1998：351.

"非常的感受",承载着"人们真正重要的东西","在这些诗中,是情感给予动作和情节以重要性……"① 二十世纪二十年代梁启超关于中国古典诗人的解读,主要呈现在《情圣杜甫》《屈原研究》以及《陶渊明之文艺及其品格》三篇文章中。我们知道胡适编撰《白话文学史》的滥觞是 1921 年应邀为教育部第三届国语讲习所讲的《国语文学史》,胡适自己回忆说:"这书的初稿作于民国十年 11 月、12 月,和十一年的 1 月,"② 自此经过六年的知识储备、资料搜集、反复修缮与校对,于 1928 年最终编撰而成,而梁启超的《情圣杜甫》《屈原研究》和《陶渊明之文艺及其品格》均作于 1922 年,因此,从文章的来源以及时间的考量上皆为我们提供了可相互参照、比较的可能性;另外,胡适的《白话文学史》主要是对于"杜甫"专列一章予以评价,因而我们首先择取梁启超的《情圣杜甫》一文与胡适的《白话文学史》中"杜甫"一章作为参照进行解读。

(一)文学是情感的表现——情感的文学与实在的文学各异的文学观念

梁启超从文学"情感是不受进化法则支配的"的角度对"五四"人的文学观予以反驳(如对以北京大学为阵地遍及整个社会的"整理国故"思潮运动认为是一场以现代与古代根本不相容为前提的文化思潮)③,他认为国人追求新鲜事物当然是正确的,但是与此同时也不能完全否定原来的"老古董"并且强调这些旧有的"古董"中内含的文

---

① 伍蠡甫.西方文论选:下卷[M].上海:上海译文出版社,1988:5-6.
② 胡适.白话文学史[M].北京:团结出版社,2006:自序4.
③ 罗志田.古今与中外的时空与互动:新文化运动时期关于整理国故的思想论争[J].近代史研究,2000(06):56-106.

学艺术成分更为宝贵，① 以此来肯定中国传统文学和中国古典诗人，针对文学艺术梁启超再次强调我们不能绝对地认为现代人对于情感的把握就一定比古人全面，同样的道理，我们也不能完全肯定现代的文学艺术就一定比古人先进并且希望广大的文学青年一定要立足于本国文化，认真地赏析中国优秀的传统文化。这一时期梁启超对于中国古典诗人的解读更多站在文学现代性的视角，以期审美人民、诗性人民，从而使得广大人民成为"生活的艺术化"的"美术人"，诗歌创作遵循文学审美与文学启蒙调和的路径。

　　而胡适的《白话文学史》以进化论、白话文学、平民以及白话小说作为编撰的总基调，我们从自 1922 年以后胡适着重搜集的资料可以明显地看出，胡适讲到"俗文学""平民文学"以及小说史料是"今年国内新添的绝大一批极重要的材料"，胡适想要依助这些新近搜集的"新史料"把中国文学史重新地校正一遍。② 在此总基调下，胡适认为人类的进化表现为两种，一是依循自然的进化法则；另一种是在依着自然进化的道路上需要人力的帮助，而"国语文学""白话文学"正体现了"历史进化的自然趋势"，③ 即中国文学史的一千年发展历程是以古代文学衰落的同时开启白话文学的时代，但是国语文学、白话文学需要"人力在那自然演进的缓步徐行的历程上，有意地加上""一鞭"，"因为没有这种有意的鼓吹，"国人"都看不出那自然进化的方向，"因为没有人会清楚地告诉你哪些是"活文学"，哪些是"死文学"；什么是

---

① 梁启超文存［M］．刘东，翟奎凤，选编．南京：江苏人民出版社，2012：255.
② 胡适．白话文学史［M］．北京：团结出版社，2006：自序6.
③ 胡适．白话文学史［M］．北京：团结出版社，2006：引子5.

"真文学",什么是"假文学"。① 那么,通过文学革命,中国文学因为有了明确的指导方向,从此脱离了盲目的、没有方向的缓慢的自然进化之路,就此走向一条"有意的创作的新路"②,而认为那些只会"一代模仿一代"的"肖子贤孙"的"古文传统史""自然不能代表时代的变迁了"③,即"传统的死文学"只是用来作为分析"白话文学产生时"的文学背景,而与之相对的"活文学"即为"白话文学史"是"中国文学史的中心部分"。④ 胡适"白话文学史"的路径里尤为推重白话小说,认为白话小说属于"'不肖子'的文学",⑤ 并以此为标准认为寻找代表时代的中国文学史应该从白话文学史中去寻找,而不是向中国传统文学中去寻找,因为白话文学史代表着时代前进的方向。

(二) 以情感为情绪总基调

梁启超依据理想与写实的两大范例从文学情感的视域下对于中国古典诗歌进行个案研究,其中梁启超对于杜甫的解读,以《情圣杜甫》为题,立意明确,即"情感"是这篇文章的总基调,梁启超认为杜甫是极能刺激真情实感的,并且从他的诗歌中所传达出来的内涵是极为"丰富的""真实的"和"深刻的",同时诗歌表现情感的方法也是极为娴熟的,能够直接"鞭辟"到人的内心的最深处,能够极为准确地表达出此时此刻人的情感状态,直达人的心弦。⑥ 由此,我们看出梁启

① 胡适.白话文学史 [M].北京:团结出版社,2006:引子 5.
② 胡适.白话文学史 [M].北京:团结出版社,2006:引子 6.
③ 胡适.白话文学史 [M].北京:团结出版社,2006:引子 3.
④ 胡适.白话文学史 [M].北京:团结出版社,2006:自序 7.
⑤ 胡适.白话文学史 [M].北京:团结出版社,2006:引子 2.
⑥ 梁启超文存 [M].刘东,翟奎凤,选编.南京:江苏人民出版社,2012:256.

超是在情感总基调的统摄下解读杜甫人格及其诗歌创作的。

梁启超从民族文学古今承续、"化合"的视角纵观杜甫"所生的时代和他一生经历",认为杜甫生活的时代其政治、文艺历经两晋六朝几百年间的积累和沉淀,"形成大民族的新美",尤其是杜甫生活的时代,经过"天宝之乱,黄金忽变为黑灰,时事变迁之剧,未其有比,""当时蕴蓄深厚的文学界,受了这种激刺,益发波澜壮阔,"在此文学背景下,梁启超认为"杜工部正是这个时代的骄儿"。梁启超关于杜甫人格的阐发讲道:"他是一位极热肠的人,又是一位极有脾气的人,从小便心高气傲,不肯趋承人,"并结合杜甫的诗歌"绝代有佳人,幽居在空谷。自言良家子,零落依草木……在山泉水清,出山泉水浊。侍婢卖珠回,牵萝补茅屋。摘花不插发,采柏动盈掬。天寒翠袖薄,日暮倚修竹",进一步阐发"这位佳人,身份是非常名贵的,境遇是非常可怜的,情绪是非常温厚的,性格是非常高抗的,这便是他本人自己的写照"①。

梁启超关于杜甫诗歌的阐发依然秉承情感的视角,梁启超认为杜甫的诗歌关注社会最下层人民,如《三吏》《三别》,杜甫所写的这些诗歌能够极好地把自己的情感和笔下人物融合在一起,因此能够极为精确地表达出人们的情感,这种融入自己真情实感的诗歌,同样呈现在与杜甫有密切关系的人身上,其特点是"句句都带血带泪""处处至性流露"。② 这些植根于社会现实的描写能够与作者的真实情感相契合,采

---

① 梁启超文存［M］. 刘东,翟奎凤,选编. 南京:江苏人民出版社,2012:256-257.
② 梁启超文存［M］. 刘东,翟奎凤,选编. 南京:江苏人民出版社,2012:259.

用"铺叙"的写作手法，"不著议论，完全让读者自去批评"，"作家只要把那现象写得真切"自然会引起读者的情感共鸣，这是"讽刺文学中之最高技术"。① 但是，梁启超认为杜甫写"时事的"的诗歌中"写社会优美"的为"最上乘"。②

而胡适在《白话文学史》中也专列一章解读杜甫。首先胡适从"时势的变迁同文学潮流密切的关系"定位杜甫，认为杜甫是属于紧跟时代潮流的"觉悟了，变严肃了，变认真了，变深沉了"的"有些人"，并借此表明自己理想中的文学一定是生活的白描，真实地反映千千万万的生活多面性，诸如人类的真实苦难、实实在在的社会状态等，不掺杂任何主观的想象，认为那绝不是真正的文学作品。

胡适以杜甫生活的年代，即八世纪中叶为分界点，认为八世纪中叶以前社会较为稳定，因而文学倾向多呈现为理想的内容，而对于八世纪中叶以后这个多灾多难的社会，与它相应的文学一定是表现苦难的文学，是表现悲痛的文学，无论是从内容上还是意境上都应该是真实的，并且表示这类新文学即将问世，在此文学基调下，胡适认为"这个时代的创始人与最伟大的代表是杜甫"③。由此，我们可以看到，胡适是建构在进化论的、实在的文学观念上之于古、今文学断裂的视点上解读杜甫。

（三）"调和"之美

梁启超阐发杜甫诗歌"调和"之美主要表现在"专玩味天然之美

———————————

① 梁启超文存［M］. 刘东，翟奎凤，选编. 南京：江苏人民出版社，2012：262.

② 梁启超文存［M］. 刘东，翟奎凤，选编. 南京：江苏人民出版社，2012：262－263.

③ 胡适. 白话文学史［M］. 北京：团结出版社，2006：257.

和专描写社会实状"的"调和"和文学情感表现方法的"调和",正如梁启超所讲:"工部写情,能将许多性质不同的情绪,归拢在一篇,而得调和之美。"①

关于"专玩味天然之美和专描写社会实状"的"调和",这是梁启超提倡在中国传统文学中寻找"新诗"创作源泉的进一步强调并予以实践指引,以此证明此路径的可行性。这里依据中国古典诗歌的两大范式,主要是指杜甫诗歌关于"纯是玩赏天然之美"与"纯写家庭实况"的"调和"。

梁启超关于"理想派"与"写实派"最早见于以小说为"文学最上乘"的文学启蒙时代,"……由前之说,则理想派小说尚焉;由后之说,则写实派小说尚焉。小说种类虽多,未有能出此两派范围外者也"②。其中,关于"理想派"与"写实派"更多折射在小说社会功利价值上,同时关于二者的"调和"也没有过多论及。

二十世纪二十年代梁启超之于文学的"理想派"与"写实派"的"调和"观是在比照西方文学和五四新文学的实际发展中得来的,当然也是自身知识不断累积的结果。关于西方文学的"浪漫派"与"写实派",梁启超讲到关于十九世纪的文学,大致可以分为两个时期,首先是迎着古典主义文学逐渐衰落而崛起的浪漫主义文学思潮,他排斥模仿,主张创造,注重感情,因而人的个性主义在这里得到前所未有的发展;接着就是自然主义文学思潮,在"通俗求真""物质文明剧变骤进""唯物的人生观""'科学万能时代'下的'科学的文学'、'即真

---

① 梁启超文存 [M] . 刘东,翟奎凤,选编 . 南京:江苏人民出版社,2012:263.
② 梁启超文选:下集 [M] . 夏晓虹 . 北京:中国广播电视出版社,1992:4.

即美'"的时代背景下,"那些名著,就是极翔实极明了的试验成绩报告"了,他把人类丑陋的一面赤裸裸地表现出来,感觉人类又重新回到低级时代。① 因此,欧游归来的梁启超确立以儒学为基础的人生观,重释中国传统文化,对于"五四"新文学以西方"写实派"文学为楷模的校正以及强调文学家自身修养和进行文学情感教育的必要均与反省西方现代文学密不可分。

此外,关于"社会实相"与"天然之美""理想派"与"写实派"的调和,同时表达了梁启超"希望中国将来有'科学的美术化',有'美术化的科学'",即科学与艺术(美术、音乐、文学)的"真美合一"。②

梁启超二十世纪二十年代提倡以中国古典诗学为源,"专玩味天然之美和专描写社会实状"的"调和",与"王国维论理想派与写实派的区别与联系"观点大体相同,王国维讲道:"……自然中之物,互相关系,互相限制。然其写之于文学及美术中也,必遗其关系、限制之处。故虽写实家,亦理想家也。又虽如何虚构之境,其材料必求之于自然,而其构造,亦必从自然直法则。故虽理想家,亦写实家也。"③

梁启超从中国古典诗学中挖掘"理想"与"写实",即在中国传统文学的基础上彰显古今、中外的文学"调和"思想,从而表明相较于欧洲近代的浪漫派与写实派的明确定位,中国文学虽没有明确的派别划分,但文学的浪漫派与写实派的倾向早已有之。中国文学浪漫派丰富的

---

① 梁启超文存[M].刘东,翟奎凤,选编.南京:江苏人民出版社,2012:5-6.
② 夷夏.梁启超讲演集[M].石家庄:河北人民出版社,2004:53,58.
③ 张建业.文学概论新编[M].北京:中国书籍出版社,1990.168.

想象力有"实感"相依，而写实派所遵循的客观事实有"极热肠"的情感相伴①，所以中国古代的浪漫派与写实派均有"情感"因素进行平衡，即为梁启超在《文史学家之性格及其预备》中所说的"诗教"具有"涵养性灵、调和情感"的作用②，也体现了物质生活和精神生活所倡导的儒家的"均安主义"③。中国诗歌的"浪漫派"与"写实派"因其有"情感"的调和，避免了西学浪漫派与写实派各自走向极端的倾向，使我们在中国浪漫派与写实派文学呈现出来的不丰不觳的情感中获得美的体验。

接下来关于杜甫文学情感表现方法的"调和"，梁启超讲道："他最能用极简的语句，包括无限情绪，写得极深刻。"此外，工部写"忽然剧变的悲情"或是"忽然剧变的喜悦"，"那种手舞足蹈情形，从心坎上奔迸而出"的情感表现。梁启超在《中国韵文里头所表现的情感》把中国诗歌表现方法主要归纳为三个方面，首先"忽然奔迸，一泄无余的'奔迸的表情法'"，这类文学表现出把突来的情感瞬间全部表达出来，讲究"语句和生命是迸合为一"的，"讲真"是其情感表达的真谛。梁启超指出这类情感西洋文学较盛行，希望中国文学家努力朝这方面"开拓境界"，我想这是梁启超"淬厉其所本无而新之"思想的承续；其次"回荡的表情法"，这类文学情感表达依然是热烈的、突变的，但是这类情感是经过酝酿过后的一种热烈；再次"含蓄蕴藉的表情法"，这类情感是最能代表民族传统特性的，具体分为三类：第一类

---

① 梁启超. 饮冰室文集点校［M］. 吴松，等点校. 昆明：云南教育出版社，2001：3461.

② 梁启超文存［M］. 刘东，翟奎凤，选编. 南京：江苏人民出版社，2012：448.

③ 丁文江，赵丰田. 梁启超年谱长编［M］. 上海：上海人民出版社，2009：627.

指的是此时此刻情感正在最强的时候，但恰恰用非常节制的情绪把他表现出了；第二类提倡用外界的自然环境或者是借助他人的情感侧面地烘托出来；第三类完全把情感隐藏起来，不外露，而是专以描写眼前的景色将自己的情感表现出来，这是对于中国丰富的文学情感表现方法进行分类的具体运用。①

（四）情感诗教之于《屈原研究》

梁启超从文学情感视角解读中国古典诗人还呈现在《屈原研究》和《陶渊明之文艺及其品格》两篇文章中。

梁启超在《屈原研究》中同样看到了华夏民族经过古今文学的承续以及民族同化作用之后，"文学界必放异彩，"而屈原正是生在同化完成后的约二百五十年期间，而这一民族文化大融合最为直接的体现"便是文学"，屈原自身经过自然界与精神作用的彼此糅合，"自然会产生特别的文学了"，也就是梁启超开篇即为屈原定位，称他为"中国文学家的老祖宗"，"欲求表现个性的作品，头一位就是研究屈原。"关于"个性"问题承自《欧游心影录》，此部分阐释前文已论及。梁启超认为"研究屈原，应该拿他的自杀做出发点"，认为"他是一位有洁癖的人，为情而死，"即为屈原的"极高寒的理想"与"极热烈的感情"不能达成"调和"，用梁启超的阐发就是"'一生儿爱好是天然'，一点尘都污染他不得"与"然而他的心中风雨没有一时停息，常常向下借'所思'的人寄他万斛情爱"和"哲学上有很高超的见解"与"现实的人生（人类道德堕落的痛苦、与恶社会奋斗）"最终不能达成"调

---

① 梁启超．饮冰室文集点校［M］．吴松，等点校．昆明：云南教育出版社，2001：3431-3456.

和"，"断然排斥'迁就主义'"，这是理想与现实、精神与物质最终不能"调和"所致。梁启超将屈原二十五篇作品的性质一一进行分析，例如《天问》是"对于万有的现象和理法怀疑烦闷"，《九歌》是"集中最'浪漫式'的作品"，《远游》中梁启超借用王逸说，认为是"怀念楚国，思慕旧故"之作、《招魂》"是写怀疑的思想历程最烦恼最苦痛处"。因此梁启超依然以"情感"为标准来评判屈原其人其诗，认为"屈原是情感的化身"①。

（五）情感诗教之于《陶渊明之文艺及其品格》

梁启超透过陶渊明的文艺和品格更深入地探讨其人生观，认为其人生观是"自然"，这一"自然""只是顺着自己本性的自然"，是"斗物质生活"的，追求生活的绝对自由，从而摆脱"心为形役"的束缚，因此，依梁启超的思路，陶渊明的人生观是依"趣味""情感"使然，这与自己以"责任心"和"趣味"的人生观路径相契合。在此人生观之下，梁启超称陶渊明同屈原一样是具有"个性"的文学家，具有"脱离模仿"，建构了自己"诗格"，即"不共"的特点，同时具有"真"，即"绝无一点矫揉雕饰，把作者的实感，赤裸裸地全盘表现"，实为"真性情"，以此为标准，梁启超称赞陶渊明其人其诗是"真人""真文艺"。"真人"指"第一，须知他是一位极热烈、极有豪气的人"，"第二，须知他是一位缠绵悱恻最多情的人"，"第三，须知他是一位极严正——道德责任心极重的人"；"真文艺"主要表现为陶渊明把自己"求官弃官的事实始末和动机赤裸裸照写出来，一毫掩饰也没有"；"屡

---

① 梁启超文存［M］．刘东，翟奎凤，选编．南京：江苏人民出版社，2012：307，
310，313-314，318，321．

屡实写饥寒状况", "对于不愿意见的人、不愿意做的事，宁可饿死，也不肯丝毫迁就"以及通过辛勤劳作实写实感的"农村美"的诗作，梁启超赞扬融入自己"真性情"的陶渊明是"世界上最快乐的一个人。他最能领略自然之美，最能感受人生的妙味"①，其实这也是梁启超理想人生的美好追求。

梁启超建立在情感基调上的"主情主义"的文学研究，无论是对于"文学新民"，还是"专精"阶层，通过在"知其不可而为之""苦乐遂不系于目的物"、以自己性情做"喜欢做的"学问的陶养下领略中国传统文学"真"与"美"的真谛。② 同时游欧之后的梁启超以情感为核心的文学教育思想对于中国传统文学的关照以及中西文学的"彻底解放"，在一定程度上调和着陈独秀、胡适等新文化运动引航者们对西方文学盲目崇拜的倾向，用中国传统文学的"主情"来平衡新文化主流过于偏重理性的偏颇，这也预示着与自己早期单一依靠"新学"进行文学启蒙的分道扬镳。通过文学情感教育使国民通过审美自觉的文学情感的陶养，"涵养自己的高尚性灵"，"涵养""诗的趣味"，③ 从而实现"无所为而为"的"生活的艺术化"。④

① 梁启超文存［M］. 刘东，翟奎凤，选编. 南京：江苏人民出版社，2012：361-364，369-370.
② 梁启超. 饮冰室合集：第5册［M］. 北京：中华书局，1989：117.
③ 梁启超. 饮冰室合集：第5册［M］. 北京：中华书局，1989：79.
④ 梁启超. 饮冰室文集点校［M］. 吴松，等点校. 昆明：云南教育出版社，2001：3307.

第四节 趣味教育说

　　游欧归国的梁启超将自己的人生观定位为"拿趣味做根柢",这一"拿趣味做根柢"的人生观要求我们"不但在成功里头感觉趣味,就在失败里头也感觉趣味"。① 这即是梁启超强调的"宇宙"虽然"未济",但"积极的活动"每天必须持续,因为"为现在及将来的人类受用,这都是不可逃的责任",我们需在"知其不可而为之""苦乐遂不系于目的物""喜欢做的""精神生活"下做学问,那么"生活上总含着春意"。② 在此人生观基调下其文学研究开启审美自觉、"拿趣味做根柢",强调"为文学而研究文学"之路。③

一、关于趣味教育

　　梁启超关于"趣味教育"一词早在 1917 年《现代教育的弊端》一文中就已经启用,针对儿童趣味教育走向极端的倾向,即"失之过宽""专以"以及"纯用""趣味引诱"而提出。梁启超从生理学的角度指出,人类的可能性,"加以若何之勉强,斯发达至若何之程度者也",由此人类精神层面的教育的目的就是无限激发、"扩张"其可能性。然

---

① 梁启超. 饮冰室文集点校 [M]. 吴松, 等点校. 昆明: 云南教育出版社, 2001: 3316.
② 梁启超文存 [M]. 刘东, 翟奎凤, 选编. 南京: 江苏人民出版社, 2012: 379.
③ 梁启超文存 [M]. 刘东, 翟奎凤, 选编. 南京: 江苏人民出版社, 2012: 135, 143.

而现今的学校教育存在"仅足为中材以下之标准"设定教科书的"深浅""种类"及进行课程的分配,"或不欲过费儿童之脑力""纯用趣味引诱"的教育现状,鉴于以上现状,梁启超提出"趣味教育程度问题",在儿童的教育过程中,儿童的大脑经过"勉强""强迫""记诵""思索"的参与,有利于"扩张"儿童的可能性。①

梁启超在这篇文章中提倡一旦教育工作者确定自己一生的方向就是从事教育事业,那么就应该抛弃生活中功利计较并且要求教育家对待教育"兴味极精神贯注"。梁启超的教育观已然显现出"趣味教育"的雏形,只是还处于科学进化论的阶段,其思想还没有完全进入文学审美自觉阶段,如"言文不一致,足以阻科学之进步也""至善无限止,惟循进化之轨道而行"。②

但是此篇文章是在梁启超彻底告别政治舞台的前夕而作,即为梁启超准备告别政治舞台而投身教育事业的宣言,"余愿身当教育之冲者,自知其事业重大,且又极有把握,将他事看轻,执定主意,不与社会上之浊气相接触,则心君泰然,自有余乐,何必以官易我之教育乎?"③当然,教育的社会启蒙功能莫说承续始终,尤其对于还没有彻底告别政治舞台的梁启超来说自然无须多言,"教育为救国之要图""教育究竟于国家有无利益",④ 但是我们更需注意的是梁启超的教育观在"责任"之外所凸显出来的审美自觉的萌芽,"此为鄙人个人之一种感觉,现在

---

① 夷夏. 梁启超讲演稿 [M]. 石家庄:河北人民出版社,2004:11.
② 夷夏. 梁启超讲演稿 [M]. 石家庄:河北人民出版社,2004:12-14.
③ 夷夏. 梁启超讲演稿 [M]. 石家庄:河北人民出版社,2004:14.
④ 夷夏. 梁启超讲演稿 [M]. 石家庄:河北人民出版社,2004:7.

尚未能自信，然不妨与诸君商榷之"①。

梁启超的"趣味"指的是"高等趣味"，这样的"高等趣味"才是"活动的源泉"，但是作为"生活的原动力"的"趣味"也有"好嫖好赌"的高低之分，由此建议进行"趣味教育"，并且提倡以广大儿童和青年为主，体现了梁启超此时侧重审美层面的社会教育观，同时彰显其社会启蒙的延续。②

那么，"趣味教育的要旨"是什么？也就是说我们"教育的方法"，即以"趣味主义"来做学问的准则是什么？对此梁启超说到，当我们在做一件事情的时候，从开始到结束都会带给我们"趣味"，那么这件事就可以成为"趣味的主体"，即"以趣味始，以趣味终"和"只问趣不趣"。③

梁启超认为"教育事业"，就是"唤起""某种学问的趣味"。④ 那么怎样唤起学问的趣味呢？也就是梁启超所说的，怎样才能尝到"学问的趣味"呢？"学问的趣味"到底怎样"诱发"呢？⑤

梁启超讲道："天下万事万物有趣味"，"生活于趣味"，那么，"趣味之源泉在哪里呢？"

首先，要求我们对于"自然之美"，"领略""一刹那间"的美感

---

① 夷夏. 梁启超讲演稿［M］. 石家庄：河北人民出版社，2004：11.
② 梁启超. 饮冰室文集点校［M］. 吴松，等点校. 昆明：云南教育出版社，2001：3317.
③ 梁启超. 饮冰室文集点校［M］. 吴松，等点校. 昆明：云南教育出版社，2001：3318，3324.
④ 梁启超. 饮冰室文集点校［M］. 吴松，等点校. 昆明：云南教育出版社，2001：3317.
⑤ 梁启超. 饮冰室文集点校［M］. 吴松，等点校. 昆明：云南教育出版社，2001：3324-3328.

并且时常令他重复出现；其次，懂得把快乐分享和把痛苦倾诉；最后，抛开现实的烦恼，寻求精神上的恬静。梁启超讲到，趣味需要"诱发""刺戟"，而"文学""音乐""美术""专从事诱发"。由此，文学是"诱发"趣味的源泉之一。①

面对现实的学校教育大多呈现出"注射式的教育""课目太多""拿教育的事项当手段"等"摧残""学问的趣味"，对此，梁启超提出以教育为"目的""为学问而学问""为活动而活动"，在此基础上，以"某种学问的趣味""当目的"，②"做'窄而深'的研究"③。

梁启超此时的文学教育观是建立在审美自觉基础上的，以教育为目的，告别早期单一的以教育为手段的时代，教育启蒙与教育自觉并行。梁启超"趣味教育"已然进入文学审美领域，打破早期单一的以教育为手段的模式，而且仅在相隔一个月之后，梁启超在《情圣杜甫》一文中即以提出"艺术是情感的表现，情感是不受进化法则支配的"④。此后，梁启超的"趣味教育"思想冲出科学进化论的限囿。当然，无论是"情感教育"还是"趣味教育"思想，能够使得梁启超最终冲出进化论的樊笼与其游欧期间对于西学的亲身实践密不可分，在此不做赘述。

---

① 梁启超. 饮冰室文集点校［M］. 吴松，等点校. 昆明：云南教育出版社，2001：3324，3327-3328.
② 梁启超. 饮冰室文集点校［M］. 吴松，等点校. 昆明：云南教育出版社，2001：3316-3318.
③ 梁启超文存［M］. 刘东，翟奎凤，选编. 南京：江苏人民出版社，2012：374.
④ 梁启超文存［M］. 刘东，翟奎凤，选编. 南京：江苏人民出版社，2012：255.

二、"高等趣味"主旨下教育家的实践观

梁启超提倡教育家应建立在"精神的快活"之上，认为教育家满足"快乐"的真谛，即"继续的快乐""彻底的快乐""圆满的快乐"。①

梁启超借以孔子的"教学相长"，即"学而不厌、诲人不倦"来引出教育家做学问的"趣味"问题。梁启超认为"学不难，不厌却难；诲人不难，不倦却难"。梁启超指出想要做到"教学相长"，第一步要做到对教育这个行业以及对学问本身"不厌不倦"，那么，怎样做到"不厌不倦"呢？首先从"生命"与"活动"的关系来看，"不厌不倦"代表着"生命"依然在"活动"，"趣味"是"不厌不倦"的"原动力"。这里作为"原动力"的"趣味"自然是经过"趣味教育"指导下的"高等趣味"。②

梁启超所指的教育家是已经"以教育为唯一的趣味""在教育界立身"的人或者"打算拿教育做职业"的人，那么，怎样才能让这些教育家对"教学相长"产生"趣味"呢？既然已经有了"高等趣味"这个"原动力"，自然能够领悟"厌倦是人生第一件罪恶，也是人生第一件苦痛"，在此基础上，教育家对于自己的这份职业"忠实做去"，自然会"从自己劳作中看出快乐"，这份"劳作"，这份"快乐"是通过

---

① 梁启超. 饮冰室文集点校［M］. 吴松，等点校. 昆明：云南教育出版社，2001：3322.

② 梁启超. 饮冰室文集点校［M］. 吴松，等点校. 昆明：云南教育出版社，2001：3316-3317，3320.

"教学相长"的实践而获得的。① 只要我们教育家以"趣味"为"源泉"并使学问"要常常变化更新"②,从而领悟"学不厌"与"悔人不倦"的真谛,我们的教育事业自然"有说不出来的无上妙味","是人生最快乐的事"。③

梁启超强调"忠实做去""劳作中看出快乐"是针对当时"蠹鱼式的学者"以及"成千成万青年""装罐头的读书教育"方式的现状,④倡导学校教育的"实践主义",实现真正的"知行合一"学问观的彻底贯彻。⑤

这一学术教育倾向早在 1917 年梁启超就已清楚地认识到,在《现代教育之弊端》一文中梁启超讲到,"教师"与"学生"对于知识的传授与获得均仅限于"能读能解""纸的学问","其结果则受教育者","文化反在""与社会时常接近"的"未受教育者之下"。这种"空耗费脑力"的"纸的学问"造成"学校与社会既不相容,顽固者以为学校无用,学校中人则自谓纸的学问已不少,社会上何以不用,因而愤世嫉俗,使学校与社会互相仇视"。因此,梁启超提倡学校教育应"研究一切社会应用之事",主张"学校与社会,万不可分离"。⑥

① 梁启超.饮冰室文集点校 [M].吴松,等点校.昆明:云南教育出版社,2001:3316,3318,3320-3321.
② 梁启超文存 [M].刘东,翟奎凤,选编.南京:江苏人民出版社,2012:135.
③ 梁启超.饮冰室文集点校 [M].吴松,等点校.昆明:云南教育出版社,2001:3318.
④ 梁启超文存 [M].刘东,翟奎凤,选编.南京:江苏人民出版社,2012:422-424.
⑤ 梁启超.中国近三百年学术史 [M].北京:东方出版社,1996:120.
⑥ 夷夏.梁启超讲演稿 [M].石家庄:河北人民出版社,2004:10-11.

第五节　文以致用教育思想探究
——以"颜李学派"教育思想为中心的考察

梁启超文以致用的教育思想是通过颜李学派教育思想予以表现的。颜李学派文以致用教育思想主要表现为"实践实用"主义、"习动主义"以及重视个性的发扬，倡导"见理于事、因行得知"，领悟"练习实务"基础上"习"的真谛，推重文以"致用"与"专精""化合"的教育理念。

一、"颜李学派"研究缘由

关于"颜李学派"的研究，梁启超较早就对颜李学派予以关注，早在 1897 年梁启超主讲湖南时务学堂以及暂避日本期间就对其进行不间断的研习，其中较为系统的论述是在《中国近三百年学术史》（1923年秋至 1924 年春夏间）中第十讲"实践实用主义"一章和《颜李学派与现代教育思潮》（1923 年 12 月）一文中。

梁启超于 1923 年集中对颜李学派的研究最为直接的原因是杜威访华在中国掀起的如火如荼的实用主义思潮，梁启超作为主聘单位的负责人（邀请杜威来华的学术团体如"尚志学会、新学会、中国公学的主要负责人都是梁启超"① ）自然能够及时了解这一席卷中国大地的文化

---

① 元青. 杜威的中国之行及其影响［J］. 近代史研究，2001（02）：130–169.

大潮，尤其是 1920 年 3 月 5 日游欧归国后的亲自接触，就像梁启超自己所说的，自从杜威先生来到中国以后，在全国范围内的演讲使得实用主义学说一时间在中国大地成为"一种时髦学说"①，紧接着，梁启超说在我们的国家三百年前有两位先生，分别是颜习斋和李恕谷，后人称他们为"颜李学派"，现在和杜威的学说比较来看，他们有许多相同的观点，并且颜李二人的某些观点较之杜威更为深刻。这是自《欧游心影录》中思想解放的实践，是对于早期崇新学以改良旧学思想观念的调整，是有感于当时学校教育的实际状况，梁启超敏锐地看到了那时广大青年学习的状态，极为担忧，对此极力号召广大的读书人，"现如今国内的普通民众厌恶我们的心理与日俱增，而我们仍然没有清醒地认识到自己的现状，习斋说'未知几之何'？依我看，'灭文'之几早已动了，我们不'知惧'，徒使习斋，恕谷长号地下耳"②。

当然，对于习斋反对读书、著述，包括梁启超在内的学者们均看到了他的这种主张是不利于文献保存的，以至于他的许多宝贵的思想观念都没有保留下来，我们在这里暂莫评论他思想"古圣成法"的功与过、文献的存与留，以及他的太过轻视书本知识的偏颇，我们今时主要着眼点在于颜李学派对于文学教育的启发与借鉴意义，这也一定是符合梁启超本意的，即希望自己所做的文章能够引起社会各界的关注，更希望通过这篇文章所阐述的关于颜李学派的教育观点能够得以有效的传播进而努力实践。这说明梁启超是赞成、提倡颜李学派的，即颜李学派的教育主张与梁启超所看到当时学校教育的现状是相契合的，他希望通过颜李

---

① 梁启超文存 [M]. 刘东，翟奎凤，选编. 南京：江苏人民出版社，2012：414.
② 梁启超. 中国近三百年学术史 [M]. 北京：东方出版社，1996：152.

学派的教育观，以供时人思考。

此外，颜李学派所提出的教育主张是立足于儒家传统文化的，从儒家文化寻根溯源，这一点我想也正印证了梁启超骨子里根深蒂固的儒家情结，这也是梁启超之所以喜欢、选择颜李学派为研究对象的一个原因。

二、文以致用教育思想

梁启超谈到文以致用教育思想时说一个国家的知识阶层对于国家的安危、强盛负有不可推卸的责任，那些关起门来闭门造车的书呆子，从来不管书本以外的任何事物，一旦民族有了危难也只是叹息一下而已，这也是梁启超提倡颜李学派的原因之一，"所以颜李一派常以天下为己任，而学问皆归于致用，专提《尚书》三事——正德、利用、厚生为标志"①。梁启超文以致用教育思想是强调学问"有益于人生"的"实用主义"，而"不是谋求个人私利，不是为统治阶级或权利集团所'用'，而是适应国家、社会和民众的需要"②。

梁启超提倡颜李学派"否认读书是学问"的观点，对于颜李学派认为"读书人"在狭隘理解儒家"文"的基础上，脱离实际只知专注于"思、读、讲、著"而造成"愚""弱"的后果予以赞同。③ 梁启超讲道："若说必读书才有学问。那么，许多书没有出现以前，岂不是没有一个有学问的人吗?"④ 颜李学派认为宋儒狭隘地理解孔子提出的

---

① 梁启超. 中国近三百年学术史［M］. 北京：东方出版社，1996：144.
② 罗检秋. 梁启超心语［M］. 长沙：岳麓书社，1999：11.
③ 梁启超. 中国近三百年学术史［M］. 北京：东方出版社，1996：126.
④ 梁启超. 中国近三百年学术史［M］. 北京：东方出版社，1996：125.

"则以学文""博学于文",把儒家的"文"与"博"简单地理解为"以文墨为'文',将'博学'改为博读博讲博著"。而颜李学派对于"文"的解释,同时也是习斋倡导"读书人""习"的内涵:"《周官》之六艺——礼、乐、射、御、书、数,《尚书》之六府——水、火、金、木、土、谷等,凡人生日用所需,荀子所谓'其迹粲然'者便是。"梁启超对于这种解释说:"依我看,这种解释是对的。"接着梁启超对"文"下以定义:"'文'字造字原意,本象木中纹理之形,因此引申出来,凡事物之粲然有条理者谓之'文'。"① 由此我们可以得知颜李"否认读书是学问"的观点是建立在"读书人"狭隘定义"文"的基础上提出的,他们以读书而读书,专注于"思、读、讲、著",与"练习实务"基础上"习"的真谛相去甚远,而是惟"故纸堆中"浪费"身心气力",其结果必然是"率习如妇人女子,以识则户隙窥人,以力则不能胜一匹雏也"②。由此可见,梁启超肯定、提倡颜李学派反对读书,只是针对反对死啃书本,并非反对学问本身,"他只是叫人把读书的岁月精神腾出来去做真正的学问罢了"③。由此我们联想到前文所阐述的欧肯"祸福得失,在所不计"的精神生活哲学思想同样提倡包括文学在内的精神生活终究要"系乎吾人之劳作"④,"由人之奋斗而

① 梁启超文存[M].刘东,翟奎凤,选编.南京:江苏人民出版社,2012:422.
② 梁启超.中国近三百年学术史[M].北京:东方出版社,1996:124,126,139.
③ 梁启超文存[M].刘东,翟奎凤,选编.南京:江苏人民出版社,2012:424.
④ 翁贺凯.中国近代思想家文库:张君劢卷[M].北京:中国人民大学出版社,2014:60-61.

定"①，"精神之奋斗中，其决胜负者，必在有根据之生活，不在智识的考量"②。

那么真正的学问到底是什么？也就是梁启超以及颜李学派所倡导的文以致用教育思想到底是什么？

（一）实践实用主义教育思想

梁启超关于颜李学派文以致用教育思想的表征之一是实用主义教育思想的提倡，③ 即"习"，"凡学一件事都要用实地练习功夫"④，也就是习斋所倡导的"手格其物而后知至"。颜李学派针对儒家《礼记·大学》提出的"致知在格物，物格而后知至"，习斋解释为"……格即'手格猛兽'之格。……手格其物而后知至"。针对习斋的"手格其物"，梁启超解释"'手格其物'为'亲下手一番'，……无所谓先天的知识，凡知识皆得自经验"⑤。由此可以看出，梁启超对于颜李学派反对"一心只读圣贤书"、死啃书本、知行分离的读书观持以赞同意见。

习斋反对程朱的"即物穷理"观，主张"以有限的自甘"，"以有限的为贵"，且认为想要"得到这点有限的知识，除了学习外更无别

① 翁贺凯. 中国近代思想家文库：张君劢卷［M］. 北京：中国人民大学出版社，2014：61.

② 翁贺凯. 中国近代思想家文库：张君劢卷［M］. 北京：中国人民大学出版社，2014：56.

③ 梁启超. 中国近三百年学术史［M］. 北京：东方出版社，1996：122.

④ 梁启超. 中国近三百年学术史［M］. 北京：东方出版社，1996：121.

⑤ 梁启超文存［M］. 刘东，翟奎凤，选编. 南京：江苏人民出版社，2012：418.

法"。① 颜李学派反对死读书，主张"从自己劳作中看出快乐"②，实际上还是倡导实践论，提倡真正的"学问观"，实现真正的"知行合一"，以行为先导，"可使由不可使知"，倡导教育的多方面发展，实现"练习实务"基础上"习"的彻底实践观③，即为现今提倡体育、智育、德育的全面发展，即"身心道艺一致加工，在此基础上充分发挥人的主观能动性"④。

正如梁启超在《王阳明的知行合一之教》一文中针对学校"贩卖"与"购买"的所谓智（知）识主义教育的现状，其结果导致步入社会后形成"与社会实情格格不入"的"高等无业游民"，由此梁启超认为"你们卖的买的都是假货，因为不会应用的智识绝对算不了智识"，"智识"本属于王阳明"知"的范围，但这里作为"贩卖"与"贩买"的所谓"智识"显然构不成"精察明觉"的"知"。基于这种强行"吃书"的智识教育，面对"空腹高心"的学子们，梁启超借以阐述王阳明的知行合一表达对学校教育现状的忧虑与关心。梁启超针对"智识未充，便不去实行的人"，以王阳明的"知是行之始""行是知之成"为基础，指出"行"的必要，梁启超进一步解释为："只要你决心实行，则智识虽缺少些也不足为病，因为实行起来，便逼着你不能不设法求智识，智识也便跟着来了。"又如"除了实行外，再没有第二条路得着智识，因为智识不是凭空可得的，只有实地经验，行过一步，得着一

① 梁启超文存［M］.刘东，翟奎凤，选编.南京：江苏人民出版社，2012：420.
② 梁启超.饮冰室文集点校［M］.吴松，等点校.昆明：云南教育出版社，2001：3321.
③ 梁启超.中国近三百年学术史［M］.北京：东方出版社，1996：139.
④ 梁启超.中国近三百年学术史［M］.北京：东方出版社，1996：141.

点，……一步不走，便一点不得。"①

由此可以看出，梁启超关于知行合一之说，是主"行"的，这也可以作为梁启超赞同颜李学派"本重行不重知"教育思想的缘由之一，二者在主"行"的学术道路上有相同倾向。② 颜李学派认为王阳明的"知行合一"之说是"主知"的，"知行合一"的建构基础就是"知行为二"，颜李学派认为只有"见理于事、因行得知，才算真的知行合一"③。

（二）习动主义教育思想

习斋反对宋儒的"主静主义"，颜李学派从心理学的角度力斥宋儒的"主静"观，反对他们由静坐冥空臆想而产生的"镜花水月"，认为"即对镜花一生，徒自欺一生而已矣"，"故空镜之理，愈谈愈惑，空静之功，愈妙愈妄"，④ 其结果一是"坏身体"，二是"损神智"⑤。梁启超在肯定颜李学派观点的基础之上用弗洛伊德的潜意识，尝试用"梦"的解析来解释汉儒的"镜花水月"。

针对宋儒的"主静主义"，习斋先生提出了生理、心理的"习动主义"教育观。正如梁启超所说的，颜习斋是中国两千多年以来第一位注重体育教育的教育家，⑥ 习斋说人们常常运动全身的筋骨会感觉舒

---

① 梁启超．饮冰室合集：第 5 册［M］．北京：中华书局，1989：32.
② 梁启超．中国近三百年学术史［M］．北京：东方出版社，1996：137.
③ 梁启超．中国近三百年学术史［M］．北京：东方出版社，1996：138.
④ 梁启超文存［M］．刘东，翟奎凤，选编．南京：江苏人民出版社，2012：424-426.
⑤ 梁启超．中国近三百年学术史［M］．北京：东方出版社，1996：132.
⑥ 梁启超文存［M］．刘东，翟奎凤，选编．南京：江苏人民出版社，2012：424-425.

服，"养身莫善于习动"①，这是从生理上强调"习动"的重要；习斋接着从心理的角度强调"习动"的重要性，主张身体力行，决不能脱离客观世界凭空想象，进而强调"提醒身心，一起振起"，即"身无事干，寻事去干；心无理思，寻理去思。习此身使勤，习此心使存"。习斋坚信身与心的"习动"，必会"一身动则一身强，一家动则一家强，一国动则一国强，天下动则天下强"②。

此外，梁启超提倡习斋主张重视个性的发扬，这种观点来源于他偏爱的"气质"论，他认为"气质"本性善，性善之所以为恶，是由于"正犹吾言性之有引蔽习染也"，这一点与戴震的"性善论"不谋而合，即"气质各有所偏，当然是不能免的，但这点偏处，正是各人个性的基础，习斋以为教育家该利用他不该厌恶他"③，主张充分发挥每个人的个性特点，依具体情况而定。

梁启超阐述颜李学派的教育思想，从而彰显其文以致用的教育理念，这也正是梁启超关于思想解放以及具体实践原则"择"的文化观的表现，梁启超认为只有"择"，才能"彻底思想解放"，因为"只有这个'择'，便是思想解放的关目"。那么怎样"择"呢？其途径就是"穷原竟委"，通过"亲躬"，避免主观的"先入为主"，这里的理性是以实践上的"穷原竟委"为前提的。④

这一时期梁启超抛弃阶级意识以及个人私欲也是文学"专精"教

---

① 梁启超．中国近三百年学术史［M］．北京：东方出版社，1996：132.
② 梁启超．中国近三百年学术史［M］．北京：东方出版社，1996：133.
③ 梁启超文存［M］．刘东，翟奎凤，选编．南京：江苏人民出版社，2012：430-431.
④ 梁启超文存［M］．刘东，翟奎凤，选编．南京：江苏人民出版社，2012：16.

育思想的体现，①彰显"为而不有"的"学者最高品格"②，推重文以"致用"与"专精"教育思想的统一，同时也是"责任心"与"兴味"人生观的完美诠释。③

梁启超文以致用教育思想与二十世纪二十年代提倡的"复古求解放"以及受实用主义思潮的影响密切相关。这是梁启超在借鉴欧洲文艺复兴的基础上重释中国传统文化的显现，即认为清代学术是"中国的文艺复兴"，否定宋明理学，褒扬科学精神、实用主义、实事求是，提倡学问需要"层层逼拶"；这是梁启超借镜西学进而力主从本国寻找文化根基的再次强调，同时也是中西文化进一步融合（启用西方的科学精神——分类法）的表现，如其评价"顾炎武所以能当一代开派宗师之名，则在于他能建设研究之方法，而其研究方法的功能特点有三：一曰贵创，二曰博证，三曰致用；'要之其标"实用主义"以为鹄，务使学问与社会之关系，增加密度，此实对于晚明之帖括派、清谈派施以大针砭'"④。

梁启超始终秉持着美好的文学作品具有陶养情趣的作用，作为中华民族的一分子要在了解自己本民族优秀文学作品的基础上读熟背诵，慢慢累积进而在自己的内心深处生根发芽，不自觉的已然被感动，梁启超相信想要创作"新中国"，广大国民一定要拥有"新元气"，而这一

---

① 梁启超. 清代学术概论［M］. 朱维铮，校订. 北京：中华书局，2011：96.
② 梁启超. 中国近三百年学术史［M］. 北京：东方出版社，1996：143.
③ 夷夏. 梁启超讲演稿［M］. 石家庄：河北人民出版社，2004：31.
④ 朱德发. 梁启超的"中国文艺复兴"观——解读《清代学术概论》［J］. 东方论坛，2012（05）：1.

"新元气"决不能依靠西方的文化养成，必须以自己的民族文化为源泉。① 因此梁启超以情感教育为核心的知情意和谐统一的文学教育思想，是"新文化"学术路径的具体贯彻实践，即对于知识的掌握要懂得借用西方的科学方法和在人格的修养上要有自律的情操，通过文学教育实现具有"新知识（具体表现在进行"窄而深的研究"、启用"科学的方法分析整理"及"专心研究"）和"新品格（提倡"儒家主义"的"自律的情操"②）的现代国民，是在中国固有传统文化基础上的连接古今中西的新文化宣传、新人才培养，以矫正国民对于中国固有文化专一信仰的危机。

---

① 梁启超文存［M］. 刘东，翟奎凤，选编. 南京：江苏人民出版社，2012：389.
② 梁启超文存［M］. 刘东，翟奎凤，选编. 南京：江苏人民出版社，2012：277 - 278.

第五章

文学教育思想的价值启思

第一节 "精神饥荒"的审视与反省

二十世纪二十年代中国学校教育的课程设置主要以美国为模板，而美国学校教育的现状："不过是一生到死，急急忙忙的，不任一件事放过。忙进学校，忙上课，忙考试，忙升学，忙毕业，忙得文凭，忙谋事，忙花钱，忙快乐，忙恋爱，忙结婚，忙养儿女，还有最后一忙——忙死。"[①] 针对这种以"贪多求快，道听途说，压缩饼干式"[②] 的教学模式，梁启超指出是建构在"物质运动的大轮子"下的"忙"的"人生观底下"，其结果是"精神无可寄托"，然而此时中国学校教育却唯这种已然是"精神饥荒"的美国式教育"马首是瞻"，"可怜可笑孰甚！"[③]

---

① 梁启超文存［M］.刘东，翟奎凤，选编.南京：江苏人民出版社，2012：384.
② 陈平原.六说文学教育［M］.北京：东方出版社，2016：134.
③ 梁启超文存［M］.刘东，翟奎凤，选编.南京：江苏人民出版社，2012：384-385.

　　正如著名学者楼宇烈在对二十世纪"中国文化走以西方化为主的道路"的"审视与反思"中认为最为明显的问题就是中国在中西文化采纳的比例中过分偏重西方文化，中国在进行新式教育改革以来，无论是从学校的制度、还是课程设置上都是以西方学校为楷模的，而对于中国传统的教育方法采取抛弃的态度①，然而更为直接对于中国学生全面经受西方化教育的洗礼莫过于出国留学，例如当清华学堂成立前夕，即作为美国退还超收庚款而设置的"新制留美预备学校"的时候，1908年在"派遣美国留学生章程草案"中，其"总目标"是出国留学的学生将有百分之八十的比例去学习技术类的工种，诸如工业设计、农学、机械类、矿山采集、物理 、化学、铁路修铸、建筑设计等具体的学科，而剩下的百分之二十将要学习法律和政治学。② 可见，留美学生学习的都是高举工具理性大旗以适应西方"科学万能"的技工类知识，而与之相对的有关价值理性的人文知识却接触寥寥。我们再以周诒春出任清华学校校长期间为例，清华学堂国文课程日益为学生所轻视周诒春虽然适时进行了相关的课程改革，但是他们仍然以美国的教学模式为模板，此外，小到桌椅板凳，大到学校的授课者、教材的选取以及具体的教学方法，所有的一切都是美国制造。③

　　对于这种"美国化"的学校教育，梁启超认为是偏离正确人生观指导下的"贩卖知识的杂货店"，"文、哲、工、商，各有经理"，如果

---

① 楼宇烈．中国文化的根本精神［M］．北京：中华书局，2016：282.
② 苏云峰．从清华学堂到清华大学：1911—1929［M］．北京：生活·读书·新知三联书店，2011：11-12.
③ 欧阳军喜．在中西新旧之间穿行：五四前后的清华国文教学［J］．清华大学学报（哲学社会科学版），2013（03）：38-46.

专从文学上讲，"欧美现代的文学，完全是刺戟品"，"虽精神或可暂时振起，但是这种精神……是预支将来的精神"，"现在他们的文学，只有短篇的最合胃口，小诗两句或三句，戏剧要独幕的好。至于荷马、但丁、屈原、宋玉，那种长篇的作品，可说是不曾理会。因为他们碌碌于舟车之中，时间来不及，目的只不过取那种片时的刺激，大大小小，都陷于这种病的状态中"。梁启超并不是就"小诗"与"长诗"从文学现代性的属性上去解读，"小诗"并不一定就不具有审美功能，而"长诗"也并一定就具有抒情、陶养的启迪，而更多的是从人生价值观专指那些缺少精神食粮，不能给予人类"慰藉"的视角去审视诗歌所发挥的审美功能！①

梁启超有感于学校教育已经成为"贩卖知识的杂货店"，其实这是自晚清以来新式学堂教育在新与旧之学择取的过程中，最终完全沦为西学化（先是日德，后是美国）的极端激进表现的深切反思，取材于西方的所谓的新式教育从其诞生、发展直到完全替代中国的传统教育模式，实为西方的教学模式和内容逐渐由边缘向中心位移的过程，这一发展过程所亲身实践的主人公们在接受西方知识的同时极有可能抛弃已有的知识信仰。②

自从晚清政府在《钦定京师大学堂章程》中取效欧美、日本教育体制，"开通智慧、振兴实业"作为新式学堂的教育宗旨直到"五四"

---

① 梁启超文存［M］. 刘东，翟奎凤，选编. 南京：江苏人民出版社，2012：384-385.

② 李宗刚. 新式教育下的课程设置与五四文学的发生［J］. 山东师范大学学报（人文社会科学版），2006（03）：135-140.

新文学以"民主"与"科学"两面大旗打倒"孔家店"，①新式课程西学化的渐进转换正是中国传统文化逐渐为国人所漠视与抛弃的过程，在此过程中梁启超总是逆时代潮流而动，他自 1902 年游美洲归来其思想就已经发生了转变，开始对中国传统文化予以重新审视与关怀，挖掘文学情感的"兴味"，并在此基础上建构了合理的中西文化观，这是其爱国、救国"责任心"的一以贯之，是以中国传统文化为主体基础上"调和"的文学创作，是高于同时代学人的民族文化自觉的捍卫者。

当然中国教育出现的知识与精神教育的双重"饥荒"，尤其是对于中国传统文化的日益轻视并不仅仅是社会主流意识形态方面的原因，更为重要的是其教育本身出现了问题，②也就是梁启超所担心的这种美国式的技工性质的智识教育势必会造成如马克思·韦伯所预言的"有人精通于专门之学却没有了性灵"③，而关于"性灵"的知识即为梁启超所提倡的植根于中国传统文化的关涉信仰、情感、道德的人文的教育。

鉴于此，梁启超认为"精神饥荒"远比"知识饥荒"更可怕，"苟无精神生活的人，为社会计，为个人计，都是知识少装一点为好。因为无精神生活的人，知识愈多，痛苦愈甚，作歹事的本领也增多"，"没有生活的人，有知识实在危险"，"因此我可以说为学的首要，是救精神饥荒"。梁启超首先提倡解决精神教育的危机并身体力行的实践着，

① 张国有. 大学章程：第一卷［M］. 北京：北京大学出版社，2011：12.
② 欧阳军喜. 在中西新旧之间穿行：五四前后的清华国文教学［J］. 清华大学学报（哲学社会科学版），2013（03）：38-46.
③ 党圣元. 审美现代性［M］. 陈定家，选编. 北京：中国社会科学出版社，2011：18.

希望改变中国学校教育"精神饥荒"的现状。①

第二节　"个个都做享用美术的'美术人'"
——文学之于人类"诗性"的关怀

　　梁启超讲到人类"关涉情感方面的事项，绝对的超科学"，文学是情感最重要的表现形式之一，文学也是情感教育最大的利器之一，文学是"爱"和"美"的代言，与理性无关，"文学是人生最高尚的嗜好，无论何时，总要积极提倡的"。二十世纪二十年代梁启超文学研究开启文学审美自觉的维度，确立"专精""窄而深""为学问而学问"的学问观，当然这主要是针对学校的精英教育而来，与此同时这一时期倚助文学进行国民启蒙也早已冲破早期单一的政治诉求，注重对国民进行文学情感的审美熏陶，使其能够诗意地生存。

　　1922 年梁启超在《美术与生活》一文中提倡"个个都做享用美术的'美术人'"，对此，钱中文解释为"审美的人"，我想更通俗的理解就是懂得欣赏"美"的人，美是人类多种生活中最为重要的一个要素，如果我们从生活中把关于美的一切成分全部抽空，那么人类的生活一定是不愉快的、缺少乐趣的。梁启超认为美的欣赏有三种趣味源泉，即"对镜之赏会与复现""心态之抽出与印契""他界之冥构与募进

---

① 梁启超文存［M］.刘东，翟奎凤，选编.南京：江苏人民出版社，2012：385.

"①。但是人们因为感受美的灵感度以及外在因素的帮助等情况决定了享受美的多与少，"感觉器官"灵敏，那么"趣味"自然就增多，反之则少；"诱发机缘"的机会多，那么"趣味"相应地也就增强，反之则较弱。② 对此，梁启超提出了解决的办法，那就是文学、音乐和美术是专门针对如何增强人类欣赏美的能力的三种范式。每一个人都具备审美的本能，由于不懂得如何使用，长期下来自然就会麻木。无论是个人还是整个民族，麻木就会无趣，毫无生机可言。人类通过文学、美术和音乐启动自身的审美功能，希望借助艺术把那些久违了的甚至是已经腐烂的"爱美胃口"进行修复，经过吸收艺术"趣味"的养料，我们相信不久的将来一定会回到健康的生活状态。③

梁启超希望借助文学陶养使得广大人民成为享有"生活于趣味"的"美术人"，这是对于人类生存状态诗意的关怀，这里的"诗是真正让我们安居的东西"④ 和"文学是人生最高尚的嗜好"完美契合，相较于早前文学教育"偏重"社会功能，二十世纪二十年代梁启超寄希望于广大人民成为生活于趣味、诗的趣味的"美术人"。例如曾为亡妻李端惠用韵文写成的《告墓文》被梁启超自己及后人誉为"一生好文章之一"，这篇韵文依承梁启超"情感之文极难工，非到情感剧烈到沸点

---

① 梁启超. 饮冰室文集点校［M］. 吴松，等点校. 昆明：云南教育出版社，2001：
3327-3328.

② 梁启超. 饮冰室文集点校［M］. 吴松，等点校. 昆明：云南教育出版社，2001：
3328.

③ 梁启超. 饮冰室文集点校［M］. 吴松，等点校. 昆明：云南教育出版社，2001：
3329.

④ 海德格尔. 人、诗意的安居——海德格尔语要［M］. 郜元宝，译. 张汝伦，校.
上海：远东出版社，1995：89.

时，不能表现他（文章）的生命，但到沸点时又往往不能作文"，是经过"一年多蕴积的哀痛，尽情发露"之作，因此梁启超讲道："这篇祭文……其中有几段，音节极美，你们姊弟和徽因都不妨熟诵，可以增长性情。"① 又如，梁启超主张"至于社会一般人，虽不必个个都作诗，但诗的趣味，最要涵养。如此，然后在这实社会上生活，不至干燥无味，也不至专为下等娱乐所夺，致品格流于卑下"②。再如，梁启超说中国有许多极为优美的古典文学作品，因此我们有必要很好地发挥它的真正价值，并且要及时地传授给国民如何欣赏它们，虽然每一个国民都不可能个个成为美术家、文学家，但是对于美的赏析和感受是应该具备的。通过中国传统文学作品来熏染大众，梁启超看到了"卓越的文学成就通常受到普通大众的认可，而不是专家"这一文学特性③，这正应和了海德格尔所言的"'诗'不等于'文学'"，我想在梁启超这里可以理解为"诗"不仅仅等于"文学"更为恰当，更为深入地理解是一种对于人类生存问题的思考，确切地说是一种诗意的关照。④

　　但是，梁启超通过文学教育最终实现"生活于趣味"的"美术人"并不是脱离物质生活而成为无根的"神明"，正如"思是深深扎根于到场的生活，二者亲密无间"，"人诗意地安居"希望生活于枯燥的国民同样拥有想象的情感，真正懂得生存的趣味和价值，希望在每日艰辛的劳作过后"允许"他们"抽身而出，透过艰辛，仰望神明"，因此，

---

① 张品兴．梁启超家书［M］．北京：中国文联出版社，1999：380.
② 梁启超文存［M］．刘东，翟奎凤，选编．南京：江苏人民出版社，2012：143.
③ 鲁道夫·欧肯．近代思想的主潮［M］．合肥：安徽人民出版社，2013：306.
④ 海德格尔．人、诗意的安居——海德格尔语要［M］．郜元宝，译．张汝伦，校．上海：远东出版社，1995：88.

"诗并不飞翔凌越大地之上以逃避大地的羁绊，盘旋其上。正是诗，首次将人带回大地，使人属于大地，并因此使他安居"①。文学教育必须植根于现实生活，以此为基础追求精神上"诗意的栖居"，并且最终用精神来指导物质世界，以使自己在物欲横流的物质世界中不至于迷失自我，因此诗意的生活和诗意的知识紧密结合。

此外，梁启超文学教育观是在个体获得学术教育的前提下最终使得全体国民都享有受教育的权利，即"这种个体解放引起的结果是，个体的生命获得了重要的东西——科学、艺术以及宗教"，进而"这种趋势引发了精神生活的具体建设……艺术已不再高高在上；教育旨在提高整体的文化水平，不再以个体发展为重点"②。同时，这也契合了梁启超一贯强调自己的人生观是"理想与实用一致"，是建构在物质与精神"均安主义"的原则下，彰显"调和"观，而并不是求物质与精神的一个极端，具体来说就是当下的国人如何在现代性视域下，在"科学昌明的物质状态"下，究竟怎样依助儒家学说来建立正确的生活价值观以及如何避免如同西人般的物质文明所引发的一系列困惑，进而给国民的精神生活带来不必要的麻烦，阻碍进步的步伐。③

二十世纪二十年代梁启超文学教育思想对于学问和人生观关系的探究，合理人生观的诉求，文学启蒙和审美自觉的"调和"，纯文学体系的建构，对中国传统文化的不离不弃、始终关怀的情感，中西文化彻底解放基础上"择"的文化观，尤其是对于文学情感教育思想的阐释与

---

① 海德格尔．人、诗意的安居——海德格尔语要 [M]．郜元宝译，张汝伦校，上海：远东出版社，1995：91，93-94．
② 鲁道夫·欧肯．近代思想的主潮 [M]．合肥：安徽人民出版社，2013：296，300．
③ 梁启超．饮冰室合集：专集之五十 [M]．北京：中华书局 1989：73，182，184．

反思，这些观点面对当今理性的极端化、物欲追求的无限扩大、精神的严重匮乏和文学教育偏重智识而对于文学本身情感的漠视等现状，就像著名学者陈平原所讲的大学校园文学系本"应该是整个大学校园里最有'诗性'的地方"①。但是，如今大学里的文学教育依然是偏重智识教育，换来的是对于文学自身情感的抛却，因此，我们呼唤大学教育"由于敬畏而发抖的能力"的回归，因为那是"最好的特点"，是"代表魅力、天赋、浪漫和华兹华斯"②，我们也"希望有一种文学宗教"，通过享受这一源于自然界的想象性的作品，从而带给人们启迪和希望。③

第三节 中国现代文学课堂教学问题与对策性探究

中国现代文学作为高校文学教育的核心课程之一，应该烛照出对于中国传统文化不离不弃、始终关怀的情感，应该建构起以中国传统文化为基础的中西文化的化合观，应该彰显人生观与文学观的辩证统一，也应该努力把文学理论与文学史在教学实践过程中完美融合。与此同时教师应该确立文学的最高情感教育和趣味教育观，明确文学教育的最终旨归是健全人格建构。

---

① 陈平原. 六说文学教育［M］. 北京：东方出版社，2016：25.
② ［美］理查德·罗蒂. 哲学、文学和政治［M］. 黄宗英，等译. 上海：上海译文出版社，2009：118.
③ ［美］理查德·罗蒂. 哲学、文学和政治［M］. 黄宗英，等译. 上海：上海译文出版社，2009：123.

　　然而，目前中国现代文学在实际讲授的过程中存在着诸多亟待解决的问题，具体表现在以下几个方面。

　　首先，大多是依照固定的教材"照本宣科"，教师往往忽视了指导着文学家创作更为深层的文化根柢，即合理人生观确立的重要性，因此在具体讲授的过程中对于作家乃至其文学作品思想的深刻性挖掘力度不够，从而导致现代文学教学实践与文学理论的脱节，仍然限囿于就"文学"讲"文学"的层面，没有更高层次文学理论的支撑与建构。

　　其次，担任中国现代文学课程的教师大多侧重纵向文学史的讲授，缺少比较文学视野下的横向研究；教师在一定程度上忽视"现代文学"之"现代"（性）的重要意义，即对于西学的"采补"与"淬厉"予以漠视。再次，教师缺乏文学教育理念（尤其是文学情感教育）的深沉思考，现代文学课程应该站在文学教育的维度上进行建设性的探讨并予以切实可行的对策性研究，教师应该明确文学教育的最终旨归是健全人格建构。

　　最后，大多数教师尚未建立"以趣味始，以趣味终""只问趣不趣"[1] 以及"为文学而研究文学"[2] 的趣味教育理念。

　　因此，针对上述课堂教学过程中存在的问题，试以梁启超的文学教育观为鉴提出相应的教学改革思考。例如，梁启超的趣味教育观为中国现代文学课堂教学改革提供诸多研究视野，梁启超的趣味教育理念是建构在文学审美自觉基础上的，教育工作者只有建立在"教学相长"的

---

①　梁启超. 饮冰室文集点校［M］. 吴松，等点校. 昆明：云南教育出版社，2001：3318，3324.

②　梁启超文存［M］. 刘东，翟奎凤，选编. 南京：江苏人民出版社，2012：143.

趣味教育理念基础上才能享受真正的快乐教学，在课堂教学过程中应该怎样具体贯彻梁启超这一趣味教育理念？又如，教师挖掘文学家们健全人格建构基础上的文学情感元素，诸如以人为本、国民性改造、文学启蒙和文学审美的调和、为人生的文学观念、悲剧意识观、人性本真的追求以及自我人格的建构等，学生在"赏玩"文学之后自然能够"涵养自己的高尚性灵"，从而享有"趣味化""艺术化"的生活状态，彰显文学之于人类"诗性"的关怀。[①]

鉴于此，试以现实主义文学思潮课堂教学为一隅，具体以中国现代文学经典小说改编的电影融入课堂教学为中心，充分发挥电影语言的艺术特质，有效契合文学文本的解读，从而更好地理解和感悟现实主义文学思潮的内涵和美学特征。文学课堂糅合了更为感性的电影艺术的审美陶养，学生更为直观地感悟文学家们合理人生观的确立、健全人格建构基础上的文学情感元素，最终达到文学情感教育的目的，即生活的趣味化和艺术化，彰显文学和人生的和谐统一。

中国现代文学课堂教学改革涉猎文学现代性，文学启蒙与文学审美的调和观，人生观与文学观的辩证统一，文学情感教育、趣味教育，文学移人，健全人格建构以及生活的艺术化等论点。笔者试以中国现代文学经典小说改编的电影融入课堂教学为例来具体贯彻、实践上述改革对策，从而实现中国现代文学课堂教学改革的一次有益尝试。在课堂教学过程中以中国现代文学课程教学为主导、以现实主义文学思潮为中心探讨经典小说改编的电影怎样有效地契合现代文学课堂教学，充分发挥电影语言的艺术特质，以期更好地解读文学文本，体悟教学过程中的情感

---

① 梁启超文存［M］. 刘东，翟奎凤，选编. 南京：江苏人民出版社，2012：143.

教育、趣味教育，从而实现文学教育的最终旨归，即健全人格建构。

现实主义文学思潮从"五四"文学思潮中脱胎出来，"五四"文学思潮与现实主义文学思潮同根同源，从"五四"文学思潮到现实主义文学思潮是承续基础上不断丰富、补充和深化的过程。因此，"五四"文学思潮是建立在"活文学"① 和"人的文学"② 基础上的具象性的美学特征，诸如人道主义、个性主义，文学启蒙和文学审美"双向的文学价值观念"以及悲剧意识被现实主义文学承续下来，在此基础上进一步拓展，确立"为人生"的文学观念，开启文化自觉基础上的中西文化的融合观，构建以"改造秉性，重铸人格"为核心的"自审意识"。③ 因此，现实主义文学思潮秉承和实践着在人的自觉基础上文学和人生的辩证统一，正如耿济之所言："文学创作的制成应当用作者的理想来应用到人生的现实方面。文学一方面描写现实的社会和人生（启蒙，功利），另一方面从所描写的里面表现出作者的理想（自我、审美、生活艺术化），其结果：社会和人生因之改善，因之进步，而造成新的社会和新的人生。这才是真正文学的效用。"④

现实主义文学思潮视域下的小说经典作品，如鲁迅的《狂人日记》《祝福》《伤逝》、茅盾的《子夜》《林家铺子》、老舍的《骆驼祥子》、巴金的《家》以及柔石的《二月》和杨沫的《青春之歌》等文学作品塑造了阿Q、祥林嫂、子君和涓生、吴荪甫、祥子和虎妞，觉新、觉

---

① 胡适.胡适全集：第1卷［M］.合肥：安徽教育出版社，2003：52.
② 周作人.周作人作品精选［M］.鲍风，林青，选编.武汉：长江文艺出版社，2003：3.
③ 刘增杰，关爱和.中国近现代文学思潮史：上［M］.上海：上海文艺出版社，2008：326，351，359.
④ 刘增杰，关爱和.中国近现代文学思潮史：上［M］.上海：上海文艺出版社，2008：326，351-352，359.

民、觉慧和梅表姐、萧涧秋和林道静等众多鲜明的人物经典形象，教师在现实主义文学思潮专题课堂若能融入经典作品的文本细读，学生自然会加深体悟现实主义文学思潮的内涵及其特征，因为"文学理论如果不植入具体的文学作品，这样的文学研究是不可能的……即理论与实践相互渗透、相互作用"①。

这些经典小说均已被改编成电影，因此，经典文本融入文学思潮的课堂，教师可以借助经典小说改编的电影与文学文本比较的方式进行具体教学，从而实现新文科的"视野拓展"，因为文学学科"不能仅仅局限于自身的学科发展，而应看到更开阔的新文科建设的视野前景"②。

这里涉及文学改编的电影择取原则的问题，一是在"忠实原著"基础上"从现时代的要求和对原著的思想内容、艺术形式的深刻理解出发，使改编的影片得到创造性的电影处理，符合电影艺术的要求"③；二是在有限的课堂教学中，择取与文学思潮、文学文本密切相关的电影片断进行赏析，学生通过文学语言和视听的双重解读更好地理解课堂教学内容与思想内涵，并从中获得情感陶养，教师也能体味"教学相长"的趣味教学。

例如现实主义文学思潮契合鲁迅经典小说文本的解读，其中《阿Q正传》《祝福》均已被改编成同名电影，这两部小说在现实主义文学思潮视域下的国民性改造是作品把握的关键点。本文以《阿Q正传》为

---

① ［美］勒内·韦勒克，奥斯汀·沃伦. 文学理论［M］. 刘象愈，邢培明，陈圣生，李哲明，译. 杭州：浙江人民出版社，2017：27.

② 周星. 开启面向智能时代的新文科拓展之路［EB/OL］. 中国社会科学网，2020-07-24.

③ 许波. 从语言艺术到视听艺术——论中国现代文学作品的电影改编［J］. 电影艺术，2004（02）：17.

例进行具体探讨。小说以阿 Q 为中心，以一群见风使舵、麻木、愚昧、道听途说、欺软怕硬、以讹传讹的众国民为外围，一方面彰显鲁迅"自审"层面的深沉反思；另一方面表达鲁迅站在"他审"视角上对于国民劣根性的沉重批判。

关于国民劣根性的批判具体以阿 Q、赵太爷和地保三个人的纵向情节发展为例，小说一开始以阿 Q 是否"姓赵"为引子，赵太爷"给了他一个嘴巴"同时又"谢了地保二百文酒钱"；紧接着阿 Q "调戏"吴妈后，先是挨了赵太爷的打，到了晚上地保来到土谷祠，狠狠"训了一通"之后，又给了"加倍酒钱四百文"；当阿 Q 重归未庄，表象的"中兴"自然会引起赵太爷的注意，然而当他的要求不能被满足的时候，"这使赵太爷很失望，气愤而且担心"，未庄人发现了阿 Q 的"可疑之点"，依然是地保最先"寻上门了"，"取了他的门幕去"，"并且要议定每月的孝敬钱"；最后阿 Q 的所谓"革命"，面对高喊"造反了"的阿 Q，"赵太爷怯怯地迎着低声的叫'老 Q'"。① 鲁迅的文学作品作为自上而下启蒙精英的范本，长期以来因为语言文字背后隐喻着深厚的文化批判，而令学生难以企及其思想的深刻性。如果在文学思潮的课堂上结合鲁迅的文学文本进行解读，结果会更加地"精英化"，因此在课堂上针对小说中涉及的这一纵向线索，教师可以把电影中的这些片段剪辑在一起，学生通过视听语言更为感性地审视赵太爷的趋炎附势、地保的横行霸道以及阿 Q 的"怒其不争"。如电影画面在表现赵太爷儿子中了秀才，赵太爷听了阿 Q 是自己本家的一段场景：赵太爷和阿 Q 一起入画，景别以近景镜头呈现，画面中赵太爷以一句"混账"开头，

---

① 鲁迅.阿 Q 正传［M］.成都：四川文艺出版社，2016：75，90，99-100.

随着一连串的恶毒语言、两个大巴掌的动作以及杀气腾腾的眼神一气呵成，赵太爷的恃强凌弱、居高临下的形象完美地塑造出来，而画面中挨了两个大巴掌的阿Q用两个手掌紧紧捂住自己的脸，委屈的、惊恐的眼神，在众人一句句"滚""快滚"的辱骂声中快速地离开赵府。紧接着，画面由全景切到近景，阿Q和地保入画，原来离开赵府的阿Q并没有结束欺侮，地保一直紧随其后，一顿训斥之后，通过二人的对话，地保的泼皮无赖形象淋漓尽致地展现出来，与此同时被众人集中攻击的阿Q，鲁迅笔下"哀其不幸，怒其不争"的性格自然会在学生欣赏电影画面的同时形象化地闪现在自己的脑海中。

国民性改造的主题集中在阿Q身上可以从其性格悲剧视角进行分析，彰显现实主义文学思潮对于"己"的关照，鲁迅笔下的阿Q性格特点是早已形成定性文学批评的"精神胜利法"，所谓"我们先前——比你阔的多了""被儿子打了"均来自想象中的胜利，然而当他的想象性不能满足的时候，在鲁迅的笔下为其找到两种消解的办法，一是"自虐"，如当阿Q押牌宝赢了之后被"莫名"地挨了一顿打，接着"很白很亮的一堆洋钱，而且是他的——现在不见了！""但他立刻转败为胜了"，这种自认为的胜利就是通过自己打自己的方式来实现的。二是"转嫁"①，当阿Q在王胡和"假洋鬼子"那里碰壁之后，将这份自认为所谓的"晦气"发泄在了小尼姑的身上，这一次的胜利者当然是阿Q。② 现实主义文学思潮透过阿Q这一具象性文本的集中解读，无论

---

① 张全之. 阿Q正传："文不对题"与"名实之辩"［J］. 中国现代文学研究丛刊，2013（02）：101.
② 鲁迅. 阿Q正传［M］. 成都：四川文艺出版社，2016：76，78，80，83-84.

是"自虐"还是"转嫁",均是鲁迅对于国民性格缺陷的赤裸裸挖掘,这是鲁迅承续自晚清以来文化启蒙国民、建构"新民"的自觉坚守。[①]教师在课堂上同样可以借助电影赏析的方式来完成教学内容,如"自虐"这一段,电影通过平行蒙太奇的方式表达出来,画面中舞台上的戏剧演出和阿Q押牌宝平行展现,随着影片中有声音乐戏曲的演奏愈来愈紧凑,镜头切换速度愈来愈急促,嘈杂的声音、混乱的场面以及阿Q又一次挨打的惨叫声糅合在一起,接着场景转换,电影的画外音变为哀伤、低沉的曲调,一个全景镜头:遭到毒打之后慢慢苏醒的阿Q进入画面,这时镜头由全景推到中近景,伴以悲伤的音乐,孤零零的阿Q捡起散落在地上的几个银圆,镜头由中近景又拉回到全景,接着一个景深镜头:通过后景舞台上人员打扫的画面,告诉我们热闹的赛神早已结束,而前景真实地再现了带着浑身伤痛的阿Q踉踉跄跄地一边走一边擦着眼泪回到土谷祠,此时此刻相信学生对于鲁迅站在"自审"层面的"哀其不幸"的感悟会更加深刻。回到土谷祠的阿Q,画面中镜头透过阿Q的眼睛运用快速闪回的方式又重温了刚刚发生的一幕,就在观众还沉浸在"哀其不幸"感情的氛围里,一声惊吓声带领观众回到了现实,这时画面中阿Q的眼神由哀伤转为平静,随着狠狠地自虐式的两个巴掌,配以一声胜利的叹息,此时旁白响起,"在阿Q认为,打人的是自己,被打的是别人,精神胜利法奏效了"。阿Q以及其余的国民众生相都可以采用这种形式进行课堂教学,当然限于教学课时的有限性,教师可以依据自己的实际情况择取契合课堂教学的电影片段进行赏析,通过这样的授课方式,从而使学生更为直观、真实地感悟现实主义

---

① 李华兴,吴佳勋.梁启超选集 [M].上海:上海人民出版社,1984:353.

文学思潮视域下国民性改造的迫切性，同时也能更进一步地解读鲁迅对于中国传统文化深沉反省基础上的那份责任与趣味。

中国现代文学应该努力把文学史、文学理论和文学批评在教学实践过程中完美结合，在此基础上提倡打通诸学科之间的学术壁垒，建构诸如哲学、史学尤其是电影艺术等多学科融合的学术思维。其中电影和文学的关系极为密切，"电影从文学获得了反映复杂的社会生活的叙事性，获得了用叙事手段从现实关系、现实的社会矛盾及其发展变化中，通过持续的动作的叙述和描写，多方面展示人物的命运，展示个性鲜明的性格的可能性"①，而经典文学成功改编成的电影，有利于作家文学启蒙得到更为有效的普及，同时也有利于对文学作品深厚的文化底蕴进行更为感性化地解读。电影和文学作为"感性思维为主的学科门类"，情感和审美是其最为核心的美学特征，② 每一个人都具备审美的本能，由于不懂得如何使用，长期下来自然就会麻木。无论是个人还是整个民族，麻木就会无趣，毫无生机可言。中国现代文学课堂教学通过电影艺术启动自身的审美功能，实现文学和电影的完美契合，把那些久违了的甚至是已经腐烂的"爱美胃口"进行修复，学生经过吸收文学"趣味"的养料，相信不久的将来一定会成为生活于趣味、诗的趣味的"美术人"，这正是文学教育最为本真的诉求。③

---

① 罗艺军. 20 世纪中国电影理论文选：下［M］. 北京：中国电影出版社，2003：68.

② 周星. 开启面向智能时代的新文科拓展之路［EB/OL］. 中国社会科学网，2020-07-24.

③ 梁启超. 饮冰室文集点校［M］. 吴松，等点校. 昆明：云南教育出版社，2001：3329.

参考文献

一、中文原著

［1］梁启超. 饮冰室合集［M］. 北京：中华书局，1989.

［2］梁启超.《饮冰室合集》集外文（上）［M］. 夏晓虹. 北京：北京大学出版社，2005.

［3］梁启超.《饮冰室合集》集外文（中）［M］. 夏晓虹. 北京：北京大学出版社，2005.

［4］梁启超.《饮冰室合集》集外文（下）［M］. 夏晓虹. 北京：北京大学出版社，2005.

［5］梁启超. 饮冰室文集点校［M］. 吴松，等点校. 昆明：云南教育出版社，2001.

二、中文著作

［1］蔡元培，等.《中国新文学大系》导言集［M］. 陈平原. 贵阳：贵州教育出版社，2014.

［2］陈平原. 触摸历史与进入五四［M］. 北京：北京大学出版社, 2010.

［3］陈平原, 夏晓虹. 二十世纪中国小说理论资料·第一卷（1897—1916）［M］. 北京：北京大学出版社, 1997.

［4］党圣元. 审美现代性［M］. 陈定家, 选编. 北京：中国社会科学出版社, 2011.

［5］丁文江, 赵丰田. 梁启超年谱长编［M］. 上海：上海人民出版社, 2009.

［6］郭长保. 从渐变到裂变——文人心态转型与中国近代文化思潮［M］. 天津：天津社会科学院出版社, 2005.

［7］高瑞泉. 中国近代社会思潮［M］. 上海：华东师范大学出版社, 1996.

［8］黄克武. 一个被放弃的选择：梁启超调适思想之研究［M］. 北京：新星出版社, 2006.

［9］黄克武. 近代中国的思潮与人物［M］. 北京：九州出版社, 2012.

［10］建设理论集［M］. 胡适, 编选. 上海：上海良友图书印刷公司印行, 1935.

［11］胡秋原. 西方文化危机与二十世纪思潮（上册）［M］. 台北：学术出版社, 1981.

［12］李喜所, 元青. 梁启超传［M］. 北京：人民出版社, 1993.

［13］李喜所. 梁启超与近代中国社会文化［M］. 天津：天津古籍出版社, 2005.

[14] 郑文慧，颜健富. 革命·启蒙·抒情：中国近现代文学与文化研究学思录 [M]. 北京：生活·读书·新知三联书店，2014.

[15] 梁启超文存 [M]. 刘东，翟奎凤，选编. 南京：江苏人民出版社，2012.

[16] 吴嘉勋，李华兴. 梁启超选集 [M]. 上海：上海人民出版社，1984.

[17] 夷夏. 梁启超讲演集 [M]. 石家庄：河北人民出版社，2004.

[18] 易鑫鼎. 梁启超和中国现代文化思潮 [M]. 北京：首都师范大学出版社，2009.

[19] 杨联芬. 晚清至五四：中国文学现代性的发生 [M]. 北京：北京大学出版社，2003.

[20] 严家炎. 二十世纪中国小说理论资料·第二卷（1917—1927）[M]. 北京：北京大学出版社，1997.

[21] 夏晓虹. 觉世与传世——梁启超的文学道路 [M]. 北京：中华书局，2006.

[22] 郑振铎. 文学论争集 [M]. 上海：上海良友图书印刷公司印行，1935.

[23] 赵利民. 中国近代文学观念研究 [M]. 济南：山东文艺出版社，1999.

[24] 赵利民. 冲突与融合——中国近代文学思想与中外文化交流 [M]. 天津：天津社会科学院出版社，2005.

[25] 张君劢，胡适，梁启超，等. 科学与人生观 [M]. 北京：

中国致公出版社，2009.

[26] 周宪. 审美现代性批判 [M]. 北京：商务印书馆，2005.

[27] 张朋园. 梁启超与清季革命 [M]. 上海：上海三联书店，2013.

三、国外译著

[1] [美] 艾恺. 世界范围内的反现代化思潮——论文化守城主义 [M]. 贵阳：贵州人民出版社，1991.

[2] [美] 保罗·奥斯卡·克里斯特勒. 意大利文艺复兴时期八个哲学家 [M]. 姚鹏，陶建平，译. 南宁：广西美术出版社，2017.

[3] [美] 保罗·奥斯卡·克里斯特勒. 文艺复兴时期的思想与艺术 [M]. 邵宏，译. 南宁：广西美术出版社，2017.

[4] 杜威博士. 教育上兴味与努力 [M]. 张裕卿，杨伟文，译. 北京：商务印书馆，1923（"中华民国"十二年十月）.

[5] [美] 杜威. 杜威五大讲演 [M]. 张恒. 北京：金城出版社，2010.

[6] [美] 费正清. 美国与中国 [M]. 张理京，译. 北京：世界知识出版社，1999.

[7] [意] 加林. 意大利人文主义 [M]. 北京：生活·读书·新知三联书店，1998.

[8] [英] 罗素. 中国问题 [M]. 秦悦，译. 上海：学林出版社，1996.

[9] [美] 马文·佩里. 西方文明史（上卷）[M]. 胡万里，王

世民，姜开君，黄英，译．北京：商务印书馆，1993.

[10]［美］马文·佩里．西方文明史（下卷）［M］．胡万里，王世民，姜开君，黄英，译．北京：商务印书馆，1993.

[11]［美］马泰·卡林内斯库．现代性的五副面孔［M］．北京：商务印书馆，2003.

[12]［美］王德威．想象中国的方法：历史·小说·叙事［M］．北京：生活·读书·新知三联书店，1998.

[13]［日］狭间直树．梁启超·明治日本·西方——日本京都大学人文科学研究所共同研究报告［M］．北京：社会科学文献出版社，2001.

[14]［德］席勒．美育书简［M］．徐恒醇，译．北京：中国文联出版公司，1984.

[15]［美］约瑟夫·阿·勒文森．梁启超与中国近代思想［M］．刘伟，刘丽，姜铁军，译．成都：四川人民出版社，1987.

[16]［美］约翰·杜威．明日之学校［M］．朱经农，潘梓年，译．上海：商务印书馆，1923.

[17]［美］约翰·梅里曼．欧洲现代史 从文艺复兴到现在（上册）［M］．上海：上海人民出版社，2015.

[18]［美］约翰·梅里曼．欧洲现代史 从文艺复兴到现在（下册）［M］．上海：上海人民出版社，2015.

[19]［瑞士］雅克布·布克哈特．意大利文艺复兴时期的文化［M］．北京：商务印书馆，1979.

[20]［英］以赛亚·伯林．浪漫主义的根源［M］．亨利·哈代，

编．吕梁，等译．南京：译林出版社，2011．

[21]［美］张灏．梁启超与中国思想的过渡［M］．崔志海，葛夫平，译．南京：江苏人民出版社，1995．

四、中文硕、博论文

（一）硕士论文

[1] 陈芳芳．从"文学救国"到"文学本身"——梁启超文学教育思想研究［D］．济南：山东师范大学，2015．

[2] 何淑芳．梁启超文学教育思想研究［D］．杭州：杭州师范大学，2013．

（二）博士论文

[1] 张冠夫．梁启超二十世纪二十年代的"情感"诗学研究［D］．北京：清华大学，2012．

[2] 郑焕钊．"诗教"传统的历史中介：梁启超与中国现代文学启蒙话语的发生［D］．广州：暨南大学，2012．

[3] 邢红静．梁启超文艺美学思想研究［D］．苏州：苏州大学，2012．

[4] 许俊莹．现代维度下的梁启超、王国维文学思想比较研究［D］．济南：山东大学，2010．

五、中文期刊论文

[1] 陈来．梁启超的"私德"论及其儒学特质［J］．清华大学学报（哲学社会科学版），2013（01）52-71．

[2] 崔志海. 评海外三部梁启超研究专著 [J]. 近代史研究, 1999 (03): 25-42.

[3] 陈泽环. 梁启超论儒家哲学——基本伦理学视角的文本考察 [J]. 中山大学学报, 2009 (04): 175-179.

[4] 陈泽环. "知不可而为"与"为而不有"——梁启超后期人生观初探 [J]. 华中科技大学学报 (社会科学版), 2010 (02): 1-6.

[5] 陈少松. 论梁启超摄取外国文学的得失 [J]. 山东师大学报 (社会科学版), 1988 (03): 59-64.

[6] 陈嘉明. 人文主义思潮的兴盛及其思维逻辑——20 世纪西方哲学的反思 [J]. 厦门大学学报 (哲学社会科学版), 2001 (01): 42-48.

[7] 董德福. 回观梁启超与胡适关于白话诗的意见分歧 [J]. 江苏社会科学, 2002 (05): 178-183.

[8] 冯学勤. "无所为而为": 从儒家心性之学到中国现代美学 [J]. 文艺研究, 2015 (01): 27-38.

[9] 傅义强, 郭力秋. 回归还是超越——戊戌变法后梁启超思想演变轨迹探析 [J]. 学术界, 2005 (04): 253-258.

[10] 郭延礼. "诗界革命"的起点、发展及其评价 [J]. 文史哲, 2000 (02): 5-12.

[11] 郭延礼. 梁启超后十年的文学研究 [J]. 山东社会科学, 1991 (05): 38-43.

[12] 关爱和. 梁启超与文学界革命 [J]. 中国社会科学, 2006 (05): 167-177.

［13］胡全章. 百年来诗界革命研究的历史回顾与展望［J］. 汉语言文学研究，2014（04）：28-35.

［14］胡全章. 从"才气横厉"到"唐神宋貌"——近代报刊视野中的梁启超诗歌［J］. 文学遗产，2013（04）：144-152.

［15］黄克武. 梁启超与儒家传统：以清末王学为中心之考察［J］. 历史教学，2004（03）：18-23.

［16］黄克武. 略论梁启超研究的新动向［J］. 文史哲，2004（04）：31-34.

［17］金雅. "趣味"与"生活艺术化"——梁启超美论的人生论品格及其对中国现代美学精神的影响［J］. 社会科学战线，2009（09）：58-64.

［18］金雅. "人生艺术化"的中国现代命题及其当代意义［J］. 文艺争鸣，2008（01）：54-58.

［19］金雅. "人生艺术化"的中国现代命题与"美的规律"的启示［J］. 天津社会科学，2009（01）：118-122.

［20］金雅. "人生艺术化"：学术路径与理论启思［J］. 中山大学学报（社会科学版），2013（02）：69-76.

［21］金雅. 论梁启超美学思想发展分期与演化特征［J］. 浙江学刊，2004（05）：110-116.

［22］金雅. 文学革命与梁启超对中国文学审美意识更新的贡献［J］. 云梦学刊，2003（03）：61-66.

［23］刘士林. 趣味有争辩——关于审美趣味的本体论阐释［J］. 深圳大学学报（人文社会科学版），2003（05）：80-84.

[24] 李必桂. 梁启超与康德"趣味说"之比较 [J]. 武汉理工大学学报(社会科学版),2003(03):319-321.

[25] 李泽厚. 梁启超王国维简论 [J]. 历史研究,1979(07):28-37.

[26] 罗志田. 西方的分裂:国际风云与五四前后中国思想的演变 [J]. 中国社会科学,1999(03):20-35.

[27] 罗志田. 走向国学与史学的"赛先生"——五四前后中国人心目中的"科学"一例 [J]. 近代史研究,2000(03):59-95.

[28] P.O.克里斯特勒. 意大利文艺复兴时期的人文主义学术 [J]. 新美术,2006(06):4-15.

[29] 钱中文. "五四"前我国文学观念的论争和现代化之首演 [J]. 陕西师范大学学报(哲学社会科学版),2004(04):5-15.

[30] 钱中文. 我国文学理论与美学审美现代性的发动——评梁启超的"新民""美术人"思想 [J]. 社会科学战线,2008(07):125-132.

[31] 孙宜学. 梁启超的浪漫启蒙精神与西方滋养 [J]. 同济大学学报(社会科学版),2012(02):98-103.

[32] 沈卫威. 现代中国的人文主义思潮导论——以"学衡派"为中心 [J]. 文艺研究,2004(01):51-59.

[33] 宋剑华. 论胡适与中国的"文艺复兴" [J]. 河北大学学报,1989(02):88-95.

[34] 汤奇云. 浪漫精神的文学诉求——论浪漫主义研究对中国现代文论建构的贡献 [J]. 中山大学学报(社会科学版),2007(03):31-36.

[35] 王元骧. 梁启超"趣味说"的理论构架和现实意义 [J]. 文艺争鸣, 2008 (03): 128-132.

[36] 杨晓明. 启蒙现代性与文学现代性的冲突和调适———梁启超文论再评析 [J]. 厦门大学学报 (哲学社会科学版), 2001 (01): 67-74.

[37] 元青. 五四时期的实用主义教育思潮 [J]. 中国近代史研究, 1999 (09): 10-12.

[38] 郑师渠. 欧战前后国人的现代性反省 [J]. 历史研究, 2008 (01): 82-107.

[39] 郑师渠. 反省现代性的两种视角: 东方文化派与学衡派 [J]. 北京师范大学学报 (社会科学版), 2013 (05): 31-43.

[40] 郑师渠. 梁启超与新文化运动 [J]. 近代史研究, 2005 (02): 1-37.

[41] 郑师渠. 论欧战后中国社会文化思潮的变动 [J]. 近代史研究, 1997 (03): 207-221.

[42] 郑师渠. 五四前后外国明哲来华讲学与中国思想界的变动 [J]. 近代史研究, 2012 (02): 4-27.

[43] 郑师渠. 新文化运动与反省现代性思潮 [J]. 近代史研究, 2009 (04): 4-21.

[44] 郑世渠. 梁启超的中华民族精神论 [J]. 北京师范大学学报, 2007 (01): 71-81.

[45] 周文玖. 梁启超、胡适、郭沫若学术个性之比较 [J]. 四川师范大学学报 (社会科学版), 2012 (01): 13-18.

[46] 曾繁仁. 梁启超美育思想的贡献与启示 [J]. 文艺争鸣, 2008 (03): 143-147.

[47] 张光芒. 中国近现代启蒙文学思潮的哲学建构 [J]. 文学评论, 2002 (02): 107-116.

[48] 张冠夫. 梁启超: 重新勘定中国文学的现代认同——兼及其对于新文学家文化人格的构建 [J]. 北京交通大学学报 (社会科学版), 2014 (03): 117-123.

[49] 张冠夫. 回归文学本体的现代诗学建构——梁启超《〈晚清两大家诗钞〉题辞》解读 [J]. 广西师范大学学报 (哲学社会科学版), 2012 (06): 104-109.

[50] 张冠夫. 论梁启超诗学视野的拓展 [J]. 文艺理论研究, 2011 (05): 93-98.

[51] 张冠夫. 摆渡于传统文学与新文学间的"情感"之舟——二十世纪二十年代梁启超的"情感"诗学 [J]. 山东大学学报 (哲学社会科学版), 2013 (03): 122-128.

[52] 张冠夫. 梁启超对中国文学抒情传统的重新认识 [J]. 华东师范大学学报 (哲学社会科学版), 2013 (03): 32-37.

[53] 张冠夫. 梁启超的欧洲文学论与五四新文化运动——以〈欧游心影录〉为中心的考察 [J]. 齐鲁学刊, 2013 (02): 127-132.

[54] 张冠夫. 从"新民"之利器到"情感教育"之利器——梁启超文学功能观的发展轨迹 [J]. 上海交通大学学报 (哲学社会科学版), 2013 (01): 89-96.

[55] 张冠夫. "抒情"的颠覆与重构——梁启超、王国维向中国

文学抒情传统的回归 [J]. 求是学刊, 2017 (05): 111-119.

[56] 章继光. 寻求传统与现代审美的结合——谈梁启超对屈原、陶渊明、杜甫三大诗人的研究 [J]. 中国韵文学刊, 2010 (02): 39-43, 59.

[57] 张井梅. 西欧人文主义思潮再认识 [J]. 北方论丛, 2008 (02): 91-94.

[58] 周春生. 对文艺复兴时期人文主义诗性智慧的历史透视 [J]. 史学理论研究, 2010 (04): 100-111.